BASTEI
LÜBBE

Bisher sind im BASTEI-LÜBBE Taschenbuch-Programm von GERHARD ZWERENZ nachstehende Bände erschienen:

13 010 Die DDR wird Kaiserreich
13 017 Langsamer deutscher Walzer
13 041 Die Quadriga des Mischa Wolf

GERHARD ZWERENZ

PEEPSHOW FÜR DEN KOMMISSAR

Thriller

BASTEI LÜBBE

BASTEI-LÜBBE-TASCHENBUCH
Band 13 034

Titelfoto: Renée Brown
Umschlaggestaltung: Quadro-Grafik, Bensberg
Satz: ICS Computersatz GmbH, Bergisch Gladbach
Druck und Verarbeitung:
Clausen & Bosse, Leck
Printed in Western Germany
ISBN 3-404-13034-0

Der Preis dieses Bandes versteht sich einschließlich
der gesetzlichen Mehrwertsteuer.

Anfang mit Badelaken

Hanna Sonntag nahm sich ein Taxi, fuhr zur angegebenen Adresse und gab aus unerfindlichen Gründen doppeltes Trinkgeld.

Als das Taxi wegfuhr, stand sie verloren vor dem riesigen Appartementhaus.

Neben den großen silberfarbenen Platten mit Klingelknöpfen und Namensschildern prangten die Firmenschilder.

»PS-Service« befand sich als erstes in der mittleren Reihe. Große schwarze, geschwungene Buchstaben auf Messing. Was das betraf, machte die Firma einen seriösen Eindruck.

Hanna Sonntag empfand ein Gefühl der Beruhigung. Sie brauchte nur zwei Minuten zu warten, bis Nina herandonnerte, mit Funken und Geknatter aus dem Porsche-Auspuff.

»Warst du noch immer nicht in der Werkstatt, Nina?«

»Heute nachmittag.«

Nina stieß mit dem beringten Mittelfinger auf den Klingelknopf. Der Summer antwortete. Hanna drückte die Tür auf; sie standen in der schwarzmarmorierten Eingangshalle und stöckelten zum Lift.

»Alles klar, Hanna?« – »Absolut klar, Nina.«
Mehr Worte tauschten sie nicht, während es sie nach oben hob. Fünfter Stock. Die zweite Tür rechts im Gang war geöffnet.

In Augenhöhe wieder das Messingschild: »PS-Service«.

Herr Wedel kam auf sie zu und wirkte recht annehmbar. Gebräuntes Gesicht, sei es vom Urlaub, sei es vom Solarium her, charmantes Lächeln, wie vom Herrenausstatter, kühle Augen mit taxierendem Blick, nicht unhöflich, aber gewieft und berechnend.

Er führte sie ins Appartement. Ikea-Innenarchitektur. Auf dem hellen Holztisch Rauchglasschalen mit Nüssen, Früchten, Konfekt.

Ein Süßer? Gestandener Geschäftsmann mit dem Hang zum Naschen? Vielleicht sollte den Besucherinnen angenehm der Mund gestopft werden.

»Bitte, nehmen Sie Platz.«

Das war der unangenehmste Augenblick. Jetzt müßte Hanna reden.

Herr Wedel enthob sie der Notwendigkeit.

»Sie wollen peepen?«

Und bevor die Mädchen antworten konnten, war er schon bei der zweiten Frage.

»Wann soll's denn losgehen?«

Das war clever von dem Mann, nun erübrigte sich die Erwiderung auf die Frage Nummer 1. Die war sowieso überflüssig gewesen – wozu wären sie sonst hier angetanzt? Andererseits mußte das Gespräch ja irgendwie beginnen. Also die Fakten her auf den Ikea-Tisch.

Wedels kleiner Trick, sich zu erkundigen, ohne auf klaren Auskünften zu bestehen, verhinderte die Peinlichkeit allzu deutlicher Sätze.

Der Herr kannte sich aus. Anwerbung für Peep-Shows war sein Geschäft. Je lockerer er sich gab, desto leichter fielen die Verhandlungen, schließlich die Verträge.

Die Kunst- oder Naturbräune des tüchtigen Agenten verstärkte sich durch die Blutzufuhr im Eifer des Gewerbes. Die beiden Besucherinnen würden unterschreiben und seine Damen-Riege vergrößern. Der Tag war schon gelaufen.

»Es ist üblich, daß unsere Damen jeweils einen Monat in einer Stadt arbeiten und dann in die nächste Stadt wechseln. Ich arrangiere das zuverlässig, die Kundschaft legt Wert auf neue Gesichter«, erläuterte Herr Wedel.

Gesichter? dachte Hanna und blinzelte zu Nina hinüber. Die bediente sich aus der Nuß-Schale, kaute gedankenverloren und achtete nicht auf die Freundin.

Der fixe Wedel war schon beim nächsten Punkt.

»Möchten die Damen jeweils zusammen arbeiten?«

»Für den Anfang ja.«

»Nur für den Anfang?« Der Agent blickte verwundert von der einen zur andern.

»Wir dachten so an gut vier Wochen Eingewöhnungszeit«, erklärte Nina, »und dann wollten wir zu zweit eine Stelle haben, im Wechsel, verstehen Sie?«

»Nein.«

»Meine Freundin Hanna studiert. Es gibt da manchmal wichtige Termine, die sie nicht versäumen darf. In diesen Fällen würde ich sie vertreten, auf der Scheibe.«

Bei dem Wort »Scheibe« zuckte Herr Wedel leicht zusammen. Offenbar nannte er den Arbeitsplatz nicht gern beim richtigen Namen.

»Sowas haben wir bisher noch nicht gehabt. Und wie wollen Sie das regeln, wenn die Show in einer anderen Stadt läuft?«

»Das organisieren wir schon.«

Nina wollte dem Agenten nicht auf die Nase binden, daß sie dann mit Lust und hoher Geschwindigkeit per Porsche durch die Bundesrepublik brauste. Die passende Gelegenheit, sich auf der Autobahn richtig auszutoben.

Wedels Gesicht spiegelte deutlich die Mühe, mit der er die ungewohnte Sachlage zu verarbeiten suchte. Er war wirklich schon lange im Geschäft, aber so ein Vorschlag war ihm noch nie unterbreitet worden.

»Wenn Sie garantieren, daß es klappt, will ich's auf meine Kappe nehmen, doch ich warne Sie: Einfach wird das nicht. Wir müssen uns vollkommen auf unsere Mitarbeiterinnen verlassen können.«

Hanna mußte wieder grinsen, diese vornehmen Wort-Fassaden bei dem Gewerbe. Ich peepe, du peepst, er sie es peept – peepegal, doch geredet wurde von den Damen Mitarbeiterinnen.

Wedel betrachtete die Figuren der Besucherinnen mit dem abtastenden Blick des gewieften Verkäufers.

»Also schön, wollen wir das Experiment wagen. Bei Ihren Qualitäten dürfte es sich machen lassen, denke ich.«

Er begann Vertragsformulare auszufüllen, fragte die Daten ab und holte die Unterschriften ein.

Während die Mädchen unterzeichneten, musterte sie der Agent nochmal ausgiebig. »Sie sollen Ihre Chance haben«, erklärte er, »ich werde durchsetzen können, daß Sie beide einander vertreten. Doch versprechen Sie mir, überdurchschnittlich gut zu sein.«

Bevor der Agent sie an der Tür höflich verabschiedete, hatte er seinen Stolz nicht zügeln können: »Ich habe schon eine ganze Reihe Studentinnen unter meinen Damen. Peepen verträgt sich nicht schlecht mit der Universität.«

Im Lift, auf dem Rutsch nach unten, meinte Nina: »Glaub mir, Hanna, wir werden es denen schon zeigen!«

»Das steht sogar im Vertrag drin«, sagte die Freundin lachend, »wir sollen uns zeigen.«

Wedels Vertrag kam zwei Tage später pünktlich mit der Post. Hanna Sonntags Kontrakt als Allround-Künstlerin. Beischlaf oder beischlafähnliche Handlungen sind streng untersagt. Ebenso Alkohol- und Drogenkonsum, eingeschränkt durch »übermäßigen Alkoholgenuß«. Mäßiger Genuß blieb offenbar erlaubt.

Der Vertrag verpflichtete zur Vorführung tänzerischer Darbietungen. Die Gestaltung des Tanzes sei frei. Hanna fühlte sich bei der Lektüre fast ein wenig stolz. Wie schnell sie zur künstlerischen Darbieterin aufgestiegen war!

Für die Ausfertigung des Vertrags hatte sie Herrn Wedel 150 DM zahlen müssen. Eine rein symbolische

Anfangszahlung. Wieviel der Agent beim Arbeitgeber abkassierte, blieb ihr unbekannt.

Hanna ist für die Spätschicht von 17–24 Uhr eingeteilt und erscheint am ersten Tag genau wie vorgeschrieben, dreißig Minuten vor Schichtbeginn. Sie ist frisiert und geschminkt, wie der Vertrag verlangt. Es herrscht Hochbetrieb. Hanna meldet sich am Eingang bei der Kasse und bekommt einen jungen blonden Mann zugeteilt, der ihr alles erklären soll, jedoch auffallend wortkarg bleibt.

Sie folgt ihm über eine schmale Treppe in einen erweiterten Gang, in dem mehrere Mädchen sitzen und auf etwas warten. »Wir müssen erst in die Garderobe«, murmelt der Blonde und führt Hanna in eine karge, neonbeleuchtete Bude, in der Metallschränke stehen und ein einsamer Holzstuhl.

Blondi tippt gegen eines der Metallschränkchen und erklärt knapp, Hanna solle sich danach auf den Gang zu den anderen Mädchen begeben.

»Danach?« fragt Hanna erstaunt.

Blondi antwortet nervös: »Nach dem Umziehen natürlich!«

Hanna verharrt unentschlossen. Sie hat nichts bei sich zum Umziehen. Daß sie sich für die Peep-Show ausziehen muß, war ihr klar gewesen. Aber umziehen?

Hanna beginnt sich auszukleiden. Blondi verharrt unlustig, blickt auf die Neue, als sei sie eine Irre.

Sie hat inzwischen alle Textilien abgelegt und erklärt ihm ihr Problem.

Er hört ernsthaft zu, neigt den Kopf und antwortet:

»Das tut fast nichts. Sie können auch so nach unten laufen.«

Hanna ist nicht wohl dabei. Sie zieht den Mantel über die bloße Haut und steigt nach unten in den schmalen Gang, wo ihre Kolleginnen warten.

Sie begreift jetzt, der Gang gilt als Warteraum für die Zeit zwischen den Auftritten. Hanna fröstelt und fragt nach der Toilette. Als sie zurückkehrt, zieht sich ein verhuschtes kleines Ding gerade den Frotteslip aus. Hanna kann wegen der Enge nicht vorbei und bleibt stehen. Die Kleine blickt auf und fragt: »Bist du neu hier?«

»Mein erster Tag.«

»Ich heiße Babsi.«

Sie geben sich die Hand. Babsi schwäbelt, blickt Hanna fragend an und berichtet, sie sei gerade mit dem Intercity aus Düsseldorf eingetroffen, nach fünfzehn Stunden Doppelschicht mit ihrer Lesbennummer. Ein enormer Erfolg. Leider arbeite ihre Partnerin nur in Düsseldorf, auf Reisen könne sie nicht gehen. Verheiratet, zwei Kinder, verstehst du?

Babsis fragender Blick verfolgt Hanna, die sich an der anderen vorbeidrückt. Die Kleine sieht blaß und verhärmt aus, das schlaucht ganz schön, Doppelschicht, die lange Reise, der fliegende Wechsel.

»Wenn du hier richtig abkassieren willst, mußt du dir schon was einfallen lassen«, merkt Babsi hastig an und huscht hinaus auf die Scheibe.

Eine der geduldig Wartenden wendet sich an Hanna.

»Du bist die Neue? Ich bin Doris. Du mußt dich ausziehen.«

Hanna lüftet ihren Mantel ein wenig.

»Ausgezogen bin ich schon.«

Doris sprudelt eine Menge Anweisungen hervor. Hanna versteht nichts, blickt auf die Uhr und wird nervös. Es ist kurz vor ihrem ersten Auftritt, und sie weiß überhaupt nicht, was sie tun soll.

Auf ihre Fragen hin zieht Doris die Augenbrauen hoch, schließlich fällt sie ihr ins Wort: »So schwer ist das doch wirklich nicht. Du legst dich draußen auf die Scheibe und führst deine gymnastischen Übungen vor. Und morgen bringst du dir dazu so ein Badelaken mit –«

Sie schwenkt ihr großes Frottiertuch und wickelt sich damit aus und ein.

»Das Laken nimmst du in den Pausen als Umhang, und auf der Scheibe breitest du es unter dir aus, denn, glaub mir, manche hier sind hygienisch nicht ganz einwandfrei, und auf der Scheibe liegt jede nackt, da ist es eine Frage der Hygiene, daß du dich auf dein eigenes Frottiertuch packst, verstanden?«

Das Wort Hygiene spricht Doris deutlich betont aus und verwendet es so oft wie möglich.

Dein Tick, denkt Hanna, und hat ihn schon übernommen.

Karriere als Eimerschwenker

Mani Lubitsch hatte ein dickes Ei zu transportieren. Es ist groß, schwer und vollkommen verfault. Sinnlos, das Ding irgendwohin zu schleppen. Aber fallen lassen darf man es nicht, da geht es kaputt.

Das war an diesen Tagen sein Standardtraum, widerlich, wie der ihm zusetzte. Heute hatte es ihn wieder erwischt. Immer kurz vorm Aufwachen. Ächzend schleppte er das durch und durch verfaulte Riesen-Ei durch eine Wunderlandschaft. Stolperte, fiel hin, das verfluchte Ei ist zerbrochen – Mani erwachte schweißgebadet, erkannte sein gutes altes Radio neben dem Bett und knipste es an. Er soll auf keinen Fall die Autobahn zwischen Nürnberg und Würzburg benutzen, erläuterte eine vor Morgenfrische klirrende Frauenstimme.

Mani kurbelte sich von der Matratze und ins Bad, wo er eine fünf Zentimeter lange Schlange Zahnpasta opferte. Der scharfe Geschmack auf Gaumen und Zunge holte ihn in die Wirklichkeit eines mäßigen Alltags. Nach einer so traumzerquälten Nacht fühlte er sich, als wäre er sein verstorbener Bruder. Während er mit einem viel zu kleinen Löffel haufenweise Marmelade aufs getoastete Brot schaufelte, dachte er darüber nach, ob der Verblichene oder er das bessere Los gezogen hätten.

Man konnte da durchaus verschiedener Meinung sein. Momentan neigte er dazu, sein abgetretenes Brüderlein glücklicher zu schätzen. Lubitsch goß zwei Tassen schwarzen Kaffee hinunter und schüttete eine halbe Flasche herben Weißwein nach. Das veränderte die Perspektive. Totes Brüderchen hat keinen Magen mehr.

Das war vernünftig und logisch gedacht. Seine erste Leistung an diesem Morgen.

Als das Telefon loslärmte, wußte er, es konnte nichts Gutes sein. Es dauerte seine Zeit, bis er kapierte.

»Langsam, Jandell! Wenn ich recht begreife, wollen Sie mich mal wieder ins Feuer schicken?«

Der Kommissar trug zum zweiten Mal artig vor, worum es ging. Das ist das Gute daran, wenn man Freunde besitzt, die einen genau kennen. Jandell, selbst ein Morgenmuffel, wußte genau, daß Lubitsch in der Frühe nicht zurechnungsfähig war.

»Wenn ich es also recht verstehe, Kommissar, soll ich für Sie so eine Art Putzmann spielen?«

Jandell fuhr nicht aus der Haut und setzte zur dritten Erläuterung des Sachverhalts an.

Es ging schlicht darum, Mani Lubitsch als Eimerschwenker in eine Peep-Show einzuschmuggeln.

»Mann, Kommissar!« stöhnte Mani mit wollüstigen Obertönen, »sowas weckt mich ja ringsum mit einem Schlage auf – in der Peep-Show leben und den ganzen Tag kostenlos nackte Mädchen vor Augen!«

Ach, Lubitsch, von wegen kostenlos!

Messer im Rücken

Es ist kurz vor siebzehn Uhr. Hanna ist gleich dran mit ihrem ersten Auftritt und weiß immer noch nicht, wie sie den hinter sich bringen soll.

Sie wendet sich an Babsi. Das halbe Portiönchen nimmt die Sache ganz cool. »Du legst dich da rauf und turnst ein bißchen rum. Arme und Beine kannst du ja wohl bewegen, Brust und Bauch auch, oder irre ich mich?«

So ungefähr hatte ihr Doris das auch erklärt, aber wohl fühlt sich Hanna durchaus nicht in ihrer fröstelnden Haut. Das Gedränge um sie herum wird plötzlich stärker. Die Abendschicht löst die Frühschicht ab. Alle kommen sie erst auf den letzten Drücker. Der wortkarge Blondi sitzt vor dem Schaltgerät und liest die Anzahl der Soli ab, die aber Solos genannt werden.

Die Solo-Auftritte der Peeperinnen entsprechen ihrer Beliebtheit. Wenn eine auf der Scheibe gut gefällt, wird sie von den Interessenten in der Solokabine verlangt. Die Sonderbezahlung richtet sich nach der Anzahl der Solos. Jedes Mädchen erhält eine Nummer, und wenn sie für die Solokabine geordert wurde, leuchtet die Zahl auf.

Es gibt zwei Solokabinen. Vor jeder hängen die Fotos

der Mädchen, daneben die Ziffer, die Kunden schlendern daran vorbei, studieren das Angebot und treffen ihre Wahl.

Jeder Solo-Auftritt dauert drei Minuten. Drei Minuten vor der Darbietung auf der Scheibe schaltet sich die Peeperin vom Solo-Registrierapparat ab, denn wer auf die Scheibe geht, kann nicht zugleich in der Solo-Kabine vorführen. Nach dem Verlassen der Scheibe wird die Anzeige für die Solo-Kabine wieder eingeschaltet.

Babsi erläutert Hanna die Betriebs-Geheimnisse mit der Routine der Altgedienten, die nichts mehr erschüttern kann.

»Du mußt dein Erscheinen auf der Scheibe dem Publikum mitteilen. Bevor du antrittst, schaltest du deine Vorgängerin aus und dich ein. Du drückst diesen Klingelknopf, der den Gaffern den Wechsel ankündigt.«

Hanna hat eine Traube von Nackten um sich, die alle auf die Neue einreden.

Sie ist unsicher, nervös und schwitzt. Den säuerlichen Schweiß der anderen atmet sie mit einem Ekelgefühl ein, das sie fast lähmt.

Babsis Stimme dringt zu ihr: »Du mußt um zwölf raus!«

Es ist aber jetzt wenige Sekunden vor siebzehn, nicht vor zwölf Uhr. Was soll bloß Babsis Zeitangabe? Hanna ist nun endgültig durcheinander. Die kleine Dünne wittert die Verwirrung und erklärt, was es damit auf sich hat. Gerechnet wird im Fünfminutenrhythmus der Arbeit auf der Drehscheibe. Zwölf mal fünf Minuten ergeben eine Stunde. Wer um zwölf raus muß, geht also, wenn der Zeiger auf Zwölf steht. Hanna erfaßt immerhin, sie ist die erste der neuen Schicht und muß genau um 17 Uhr vor die Gucklöcher. Plötzlich ist sie wie erstarrt und kann keinen Fuß vor den andern setzen.

Ein anderes Mädchen erkennt, was mit der Neuen los ist, lächelt ihr zu und übernimmt den ersten Auftritt. Hanna hat eine Galgenfrist erreicht, beruhigt sich ein bißchen und beobachtet das Geschehen auf der Bühne durch den dünnen Vorhang.

Hanna steht mit dem Rücken zu einer Tür, die bisher verschlossen gehalten wurde. Sie beobachtet angespannt die freundliche Kollegin, die ihr die Last des ersten Auftritts abnahm und nun, selbst auf der Scheibe rotierend, demonstriert, was zu tun ist.

Stell dich nicht so an, redet Hanna sich gut zu, das wirst du doch zustandebringen, schließlich bist du auf das Geld angewiesen – also los jetzt und keine Panik mehr. Sie vernahm das leise kratzende Geräusch, mit dem der Schlüssel in die Tür gestoßen wurde, hinter ihrem Rücken, der Schlüssel drehte sich im Schloß, die Tür wurde geöffnet, Hanna verspürte einen Luftzug, das war das Letzte, das sie in ihrem Leben verspürte – oder war es das Messer? Die Klinge fuhr ihr von hinten direkt ins Herz. Hanna fiel zusammen und war sofort tot.

Als das nette Mädchen, das für sie eingesprungen war, nach genau fünf Minuten die Scheibe verließ, weil die Ablösung dran war, stolperte die Abtretende über den Körper der Toten.

»Was ist denn mit dir los?« fragte das Mädchen, dann beugte es sich vor und erblickte das Messer im Rücken.

Ein freier Mensch

Kommissar Jandell und Mani Lubitsch verabredeten einen Treff am hinteren Ende des Bahnsteigs 18 auf dem Hauptbahnhof. Jandell machte Mani mit einem etwas zu kurz geratenen Typen bekannt, der seinen drahtigen Bullenkörper mit sportlichen Klamotten tarnte.

»Herr Neumeier möchte Sie gern kennenlernen!« Jandell blickte Lubitsch beschwörend an. Keine dummen Witze bitte. Der Geheimpolizist gab sich eine Nummer zu groß und übertrieben. Affektiertes Gehabe reizte Lubitsch zu unbotmäßigen Bemerkungen.

»Von welchem Geheimverein sind Sie?«

Schon die Bezeichnung, die Lubitsch wählte, drückte Geringschätzung aus. Der kurzwüchsige Sportler nahm es hin, ohne Wirkung zu zeigen. Sie hockten zu dritt auf der letzten Bank. Der Bahnsteig lag verwaist im blassen Nachmittagslicht. Der nächste Zug ging erst eine halbe Stunde später hier ab. Lubitsch und Jandell hatten sich schon mehrfach auf Bahnsteigen getroffen. Irgendein Kripohauptmann hatte die Treffs vor Jahrhunderten eingeführt, seitdem blieb es dabei, obwohl es bessere Orte gab.

»Herr Neumeier ist der Koordinierungsmann mehrerer

Dienste und unser Verbindungsmann«, erläuterte Jandell im deutlichen Bestreben der Abwiegelung.

»Und er koordiniert auch meine Aufgaben?«

»Es handelt sich um einen Mord mit ungewissem Hintergrund. Möglicherweise sind die Interessen der Dienste nicht tangiert. Wahrscheinlich sind sie es tatsächlich nicht. Falls es aber anders sein sollte, stehe ich Ihnen gern zur Verfügung.«

Der geheime Koordinator sprach ruhig und bestimmt. Sobald er zu reden begann, verlor er den äußeren Anschein des Übertriebenen und Aufgetragenen, der Mani so reizte.

Trotzdem beschloß er, den andern zu provozieren.

»Was kann die Geheimdienste am Tod eines nackten Mädchens denn interessieren? Die Größe ihrer Titten oder die Länge des Messers, das in ihrem süßen Herzen steckte?«

Neumeier blickte Jandell an, der sich Mühe gab, die Fahrgäste auf den nächsten Bahnsteigen zu zählen. Er blickte hinüber und bewegte andeutend die Lippen.

»Verzählen Sie sich auch nicht, Herr Jandell?« fragte Neumeier mit sonorer Stimme, ganz unspöttisch.

»Ich übe nur meine Fähigkeiten«, antwortete der Kommissar.

Neumeier blickte Lubitsch direkt und ungescheut in die Augen.

»Machen wir es so, Herr Lubitsch – Sie kümmern sich um den Mörder, und ich erlaube mir von Zeit zu Zeit aufzutauchen und mich nach Ihrem Befinden zu erkundigen.«

»Nach meinem Befinden?«

»Ich nehme persönlich Anteil an Ihrem Leben.«

»Und sonst noch was?«

»Ich werde mich nach Ihren Erfahrungen und Informationen erkundigen, Herr Lubitsch.«

»Dafür dürfen Sie auch kostenlos in eine Peep-Show-Kabine gehen, wenn ich dort Dienst tue.«

Neumeier nickte, als sei ihm eine Zigarette angeboten worden.

Es war klar, dieser Mann ginge widerspruchslos in die Kabine, wenn es für seinen Dienst von Belang sein könnte. Man darf diesen Bullen nicht unterschätzen, dachte Lubitsch, auch wenn er eine Schale zeigt, die lächerlich wirkt. Komisch, ich habe den ersten aufgeblasenen Ballon kennengelernt, der innen nicht nur Luft enthält.

Trotzdem bleibt er ein behördlicher Wichtigtuer. Sein Amt mißtraut allem und jedem. Da sehen sie im Tod einer kleinen Stripperin den Staat gefährdet und fühlen sich legitimiert, einzugreifen und aufzupassen. Na, von mir wird der Junge keine Silbe geschenkt kriegen.

Sie beendeten das Treffen nach den Regeln des Dienstes. Zuerst verabschiedete sich Neumeier und schlenderte den Bahnsteig hinunter, Richtung Halle.

Jandell und Lubitsch warteten, bis der kleinwüchsige große Koordinator außer Sichtweite geriet. Dann warfen sie sich am offenen Ausschank ein Bier ein. Flankiert von Reisenden, denen der Durst keine Pause gestattete, und von Pennern, die sich genug erfochten hatten, um es in Bier umzusetzen. Im Bauch der Stadt ist das Bier der größte Vereiniger.

»Warum mußten Sie mir bloß diese Laus Neumeier in den Pelz setzen?« In Lubitschs Stimme schwangen Vorwürfe mit.

»Ich armer Hund bin keineswegs unabhängig und frei in meinen Entschlüssen«, antwortete Jandell.

Dann, nach einem tiefen Zug aus dem Glas: »So schön und frei wie Sie ist kein zweiter Mensch in dieser netten Stadt!«

»Ja«, sagte Lubitsch, »nur das Mädchen mit dem Messer zwischen den Rippen ist noch freier. Freier gehts gar nicht.«

Beschnüffeln

»Sie wollen mich sprechen?« Die Frage klang gelangweilt, der Mann war nicht besonders begeistert von dem Besucher, doch verweigerte er zugleich jede stärkere Gefühlsinvestition, so wie jemand sich weigert, etwas Kostbares wegzugeben.

Der Mann war von einem seidenen Anzug gekennzeichnet, das Gespinst leuchtete unterm Neonlicht, das eingeschaltet war, obwohl durch die riesigen Panoramascheiben Sonnenlicht einfiel.

Der Mann saß auf einer schwarzen Ledercouch, und als er sich müde erhob, dem Eintretenden einen Wink gab – bitte mich nicht zu berühren, bitte keinen Händedruck, bitte bleiben Sie auf Abstand –; als er sich so defensiv verhielt, war sein ängstliches Verhalten schon fast beleidigend. Allerdings dementierte sein Gesicht jede Beleidigungsabsicht, es war vorwiegend freundlich, schlaff und müde, außerdem auf eine verwunderliche Weise gerundet, ein Apfelgesicht mit viel zu glatter Haut. Fast wie bei gelifteten alten Frauen, denen die neu verliehene Jugendlichkeit nicht recht ins ganze Bild paßte, das sie gaben.

»Sie möchten bei mir als kleiner Junge arbeiten?« fragte

Arno Leukert, Chef einer ganz unübersichtlich gruppierten Anzahl von Vergnügungsunternehmen.

Mani kannte sich schon gut genug aus und begriff, was gemeint war.

»Wie Sie bereits wissen, ist die Behörde daran interessiert, sich vor Ort einen genauen Eindruck zu verschaffen. Ich bin beauftragt, mich bei Ihnen anstellen zu lassen.«

Lubitsch gab sich devot. Seine Augen glänzten vor Anstrengung, einen guten Eindruck zu machen. Seine Worte zielten darauf, dem Herrn der Etablissements jeden Anflug von Mißtrauen und Angst zu nehmen.

Mani lächelte wie ein Bittsteller, gab sich als seriöser Angestellter und unterdrückte sogar seine gegenteiligen Gedanken, um sich nur ja nicht zu verraten.

»Dieser Kommissar, wie war doch gleich sein Name –«

»Kommissar Jandell.«

»Ja, Jandell, er avisierte mir vom Präsidium aus Ihr Kommen. Natürlich bin ich bereit zur Kooperation mit der Behörde. Ich war stets bereit dazu.«

Leukert ließ die letzten Worte in der Luft hängen. Senkte den Ton nicht am Ende des Satzes.

Er hatte einen Elfenbein-Tick. Schon in der Diele des Penthouses waren Lubitsch ein paar kleinere Elefantenstoßzahn-Kunstwerke aufgefallen, hier im großen repräsentativen Wohnraum, in dem Leukert mit ihm redete, häufte sich das Elfenbeinerne. Aus aller Welt war viel mattgelbliches Schnitzwerk und Schnickschnack zusammengetragen worden, ein paar ausnehmend schöne

Stücke darunter, doch gut die Hälfte der Figuren und Reliefs hätten einem Kitsch-Museum zur Ehre gereicht. Jammervoll, daß man dafür die Elefanten ihrer prächtigen Stoßzähne beraubte.

». . . hoffe, Sie verhalten sich geschickt genug, daß niemand Verdacht schöpft.« Die Stimme klang so schleppend müde, daß Lubitsch beinahe von Mitleid ergriffen worden wäre.

»Wie schwer sind Sie?« erkundigte er sich sachlich.

Leukert riß seine leicht geschwollenen Augenlider einen Hundertstel Millimeter weiter auf. Gleichzeitig verengten sich die Pupillen.

»Was haben Sie gefragt?«

»Wieviel Kohle machen Sie pro Tag?« verdeutlichte sich Lubitsch.

»Das dürfte Sie einen feuchten Schmutz angehen, oder?«

»Es ist nur, daß ich besser einschätzen möchte, ob sich jemand an Ihnen rächen will. Oder Sie sollen erpreßt werden. Wär' immerhin denkbar.«

»Ich bin von keiner Seite erpreßbar. Und falls sich jemand an mir rächen will, weshalb sollte er dann ausgerechnet ein mir völlig unbekanntes Mädchen killen, das in einem meiner Geschäfte auftritt?«

Bei dieser Antwort stutzte Mani unwillkürlich. Die Worte »killen« und »Geschäfte« nahmen sich in einem Satz schon sehr befremdlich aus.

Befremdlich fand er auch, daß ihm der Elfenbeinsammler keinen Platz angeboten, sich selbst aber nach der flauen Begrüßung ohne Handschlag wieder gesetzt hatte. Mani war mehrmals versucht, sich ohne Aufforderung hinzusetzen, was er weniger der Ungehörigkeit wegen verwarf als aus Gründen seiner Rolle. Er wollte diesem Leukert als äußerst umgänglich, fast schon devot erscheinen. Vorhin hatte er sich mit seiner flapsigen Erkundung nach dem Vermögensstand schon fast verraten. Noch eine Provokation konnte er sich keinesfalls erlauben. Der schlaffe Reiche sollte ruhig denken: Lieber Himmel, wenn die Bullen einen Hausknecht bei mir reinschieben wollen, so nehmen sie dazu eben einen Hausknechttyp.

Wieg du dich nur in Sicherheit, Lahmarsch, dachte Lubitsch im Weggehen. Bei passender Gelegenheit mache ich dir Feuer unterm Hintern.

Reaktivierung eines scharfen Mädchens

Eine halbe Stunde später traf Lubitsch sich mit Jandell an der Hauptwache. Sie tranken rasch einen Kaffee, nahmen am Kaufhof ein Taxi und fuhren nach Eschersheim.

Unterwegs wurde Mani vom Kommissar instruiert. Zwar hatte er Thea Brock einige Male gesehen, wußte aber nichts Näheres.

»Und Sie meinen, Sie können die Dame dafür anheuern?«

»Es gibt einen Punkt, wo man sie packen kann.«

»Einen dunklen Punkt?«

»Leider nein. Das wäre zu einfach.«

»Wo wollen Sie dann ansetzen?«

»Beim Abenteuer. Sie war immer scharf drauf.«

Lubitsch lachte laut heraus.

»Soll das ein Scherz sein?«

»Danach ist mir nicht zumute.«

»Wenn ich Sie recht verstanden habe, stand Thea vor Jahren in Polizeidiensten. Vermutlich mochte Thea Sie, sonst würden Sie die Anfrage gar nicht wagen. Doch Ihr gutes Ansehen von früher wird Ihnen heute bei der Dame gar nichts nützen. Sie hat einen reichen Mann aufgetan und geheiratet. Weshalb soll sie ihren Status aufs Spiel setzen? Wenn ihr Mann wirklich der gefragte Arzt ist –«

»Einer der teuersten Schönheitschirurgen. Wer sich was Überflüssiges wegnehmen oder was Fehlendes annähen lassen will, der sucht Doktor Brock auf und zahlt für dessen Dienste auch jede verlangte Summe.«

»Und Sie wollen die Gattin des gefeierten Skalpell-Schwingers und Gesellschaftslöwen darum bitten, nackt in der Peep-Show aufzutreten? Jandell, wo bleibt Ihr gesunder Menschenverstand?«

»Pessimist!«

Sie klingelten und standen kurz darauf Thea Brock gegenüber. Mani hatte eine Miss Universum erwartet und reagierte leicht enttäuscht. Die Dame des Hauses trug Jeans, T-Shirt und hausfrauliche Normalität.

»Kommissar!« Sie blickte herzlich erfreut auf Jandell.

»Mani Lubitsch!« Der Kommissar stellte seinen Begleiter vor, damit die Begrüßungsküsse von Thea unterbrechend.

Sie langweilt sich, schloß Mani und gab seinem Freund für die kuriose Mission ein paar Chancen mehr. Frauen, die nicht recht ausgelastet sind, lassen sich leichter zu offenkundigen Kapriolen überreden.

Der Kommissar erhielt durch das Vorgeplänkel eine erstaunliche Vitalitätszufuhr. Sein Grauschopf schien durch Theas bloße Gegenwart zu erblonden; ja, Erinnerung vergoldet, im Kopf und auf dem Kopf. Schau an, der ziemlich verschlissene Kriminale verwandelte sich zum jugendlichen Charmeur. Mani gönnte es ihm von Herzen, aber nun begann er sich zu langweilen, es ödete ihn an, wie die beiden in ihren Gedächtnisschubladen kramten.

»Jandell, Ihre Ohren werden lang wie Hasenlöffel und Ihre Wangen feuern!«

Giftig, wie er die Turteltäubchen unterbrach. Mani nahm sich vor, es später zu bereuen.

Der Kommissar würdigte Lubitsch keiner Reaktion, Thea warf ihm einen verwunderten Blick zu. Was war dagegen einzuwenden, wenn zwei gute Freunde nach langer Trennung von Vergangenem schwärmten?

Jandell stieg voll ein: »Liebe Thea, wir würden gern deine Hilfe in Anspruch nehmen!«

Die duzen sich ja, registrierte Lubitsch, im Bewußtsein der Hochschätzung, die der Kommissar sonst dem distanzierenden »Sie« entgegenbrachte. Er hütete sich vor weiteren Einmischungen. Jandell hatte das wahre Thema endlich angetippt. Also ging Lubitsch sowohl seelisch in sich wie äußerlich im Zimmer herum. Zu sehen gab es genug. In den seltenen Fällen, in denen Geld sich mit Geschmack verbindet, ist das Resultat der Aufmerksamkeit wert. Mani war innenarchitektonisch nicht besonders anfällig, doch die Ästhetik dieser Einrichtung machte ihn an. Leiser Neid kroch in ihm hoch und zugleich eine gewisse Wut. Seit er das Haus betreten hatte, war er mehr und mehr die Beute niederer Affekte geworden. Von der Eifersucht zum Neid – diesen psychischen Verfall konnte er nicht weiter dulden, er brauchte ein Ventil.

»Und Ihren Platz in dieser Vollkommenheit hier ringsum wollen Sie wirklich gefährden, Frau Brock, indem Sie nackt vor fremden geilen Männern auftreten?«

»Wie bitte? Was?«

Im ersten Schreck starrte Thea den Störenfried Lubitsch so verdattert an, wie er das erwartet hatte. Dann griff Jandell ein.

»Mädchen«, sagte er, »hör mir zu, der Fall liegt so . . .«

Schon hing sie wieder an des alten Freundes Lippen, und Mani war abgemeldet. Heute war keineswegs sein Glückstag. Schlafmützen wie der Leukert ließen ihn im Zimmer stehen, und die beiden Vergangenheits-Enthusiasten im Regen . . .

Mani bereitete seinen Abgang vor, murmelte was von einem dringenden Termin, den er fast vergessen hätte und wandte sich zur Tür. Thea und Jandell hatten kaum aufgeblickt bei seiner lahmen Erklärung. So lästig hatte Lubitsch sich lange nicht gefühlt. Kein Wunder, dachte er plötzlich, ich bin auch tagsüber ein Opfer meiner nächtlichen Angstträume. Wie soll ein unausgeschlafener Mensch Aura und Charme entfalten?

Er nahm sich ein Taxi und ließ sich zum Hallenbad fahren, dort würde er sich Unlust und Ärger einfach wegschwimmen.

Die Schwimm-Thearpie half, dem Becken entstieg ein einigermaßen entspannter Mani Lubitsch. Auf dem Weg zu Wedels Wohnung kam er an einem Fischgeschäft vorbei, spürte bohrenden Hunger, kaufte sich ein Heringsbrötchen, von dem er im Weiterlaufen abbiß und herzhaft kaute. Bloß roch er jetzt aus dem Mund wie ein leibhaftiger Rollmops. In der Innentasche seiner geliebten abgewetzten Lederjacke fand sich eine Rolle Pfefferminz, er mochte den Geschmack nicht besonders, lutschte aber von den weißen, stark aromatisierten Tabletten und glaubte sich einer näheren Konfrontation mit dem PS-Agenten gewachsen.

Wedel erwartete ihn an der Tür und war so unüberriechbar umduftet, daß etwaige Fisch- und Zwiebel-Spuren aus Manis Hauch gar keine Chance hatten. Sein leicht indignierter Blick galt wohl eher Manis altgedienter Leder-Montur.

Der perfekt gewandete Herr gab bereitwillig Auskunft und keinerlei Schwäche zu erkennen. Wenn er irgendwas auf dem Kerbholz hatte, verbarg er es geschickt. Lubitsch sah keinen Anlaß, dem Frischfleischbeschaffer zu mißtrauen. Er mahnte ihn mehr beiläufig, nichts zu verschweigen, was zur Aufklärung des Falles beitragen könnte.

»Was sollte ich bei der Geschichte wohl für mich behalten? Ich habe alles gesagt, was ich von Hanna weiß.«

Eine Stunde später klingelte Mani die Freundin der Ermordeten aus dem Bett. Nina, die Porschefahrerin, Tochter wohlhabender Eltern und dennoch beseelt von dem Wunsch, sich finanziell auf eigene Füße zu stellen. Schließlich war das PS-starke Wägelchen ein ganz hübsch teures Hobby.

Mani schneite in ein superbes Appartement herein, halb Teppich- und halb Liebes-Lager, eine gehobene Ausstattung war der jungen Dame zweifellos angeboren. Was da an Kostbarkeiten auf dem Boden ausgebreitet war, dafür mußten andere Leute lange auf allen Vieren kriechen. Die Wohnungsinhaberin wirkte leicht derangiert, das Gesicht von Nina Scheerer war ein wenig geschwollen, ein Antlitz noch außerhalb jeder Regie.

»Wegen Hanna wollen Sie mich sprechen? Und wer sind Sie?«

Mani sah, das Mädchen war verstört. Kein Wunder. So rasch wie die Freundin konnte es auch sie treffen, schließlich hatten beide sich zusammen bei Wedel für diesen Job angemeldet.

Was Nina ihm erzählte, bestätigte seine Einschätzung. Zwei junge Frauen wollten ihre Kasse aufbessern. Hanna brauchte die Einkünfte dringend, und für Nina wäre es ein so leicht verdientes wie leicht ausgegebenes Geld gewesen. »Im Porsche ist das Fräulein Scheerer hier angerauscht«, hatte ihm Wedel berichtet.

»Hatten Sie das wirklich nötig, die Arbeit in so einem Laden?«

Nina Scheerer verstand sich zu einer kleinen Pantomime. Seufzen, Augenaufschlag, ja, ein fast beschämtes Lächeln bot sie auf. Es verriet, was sie dachte.

»Es ist mir so lästig, meinen Vater immer wieder um ein paar lächerliche Tausender anzubetteln. Seit zwei Wochen ist der Auspuff kaputt bei meinem – meinem – Wagen.«

»Das kann beim Porsche teuer werden«, stimmte Mani zu.

»Woher wissen Sie – ach, ich hab mir doch gleich gedacht, daß dieser Typ, der Wedel, uns beim Wegfahren beobachtet hat – schäbige Neugierde sowas. Sie sind auch nicht besser, schnüffeln bei fremden Leuten rum –«

Ihre Stimme schien sich zu verschlechtern, doch merkwürdigerweise fand Mani sie jetzt recht anziehend.

Er musterte sie, und zunächst musterte sie zurück. Dann gewann ihre Übellaunigkeit die Oberhand.

»Raus!« Ninas Hand wies zur Tür.

»Langsam, langsam, Mädchen«, lästerte Lubitsch, »ich bin nicht schuld daran, wenn Sie Ärger mit Ihrem Lieblingsspielzeug, dem Porsche, haben.«

»Sowas von blöd!« fauchte das Fräulein Scheerer. »Ich bin überhaupt nur Hanna zuliebe mitgegangen, um sie vertreten zu können, wenn sie an der Uni unabkömmlich gewesen wäre, aber das verstehen Sie natürlich nicht, Sie Egoist, Sie Schwachkopf –«

»Jedenfalls werde ich deinem Vater herzliche Grüße von dir bestellen, wenn ich ihn aufsuche. Mach's gut, Nina!«

Zufrieden zog Mani die Wohnungstür hinter sich zu und ging laut pfeifend die Treppe hinab.

Ein Schlag ins Genick

Der Laden in der Innenstadt, nahe dem Hauptbahnhof, wo sich alles auf dem kurzen Weg trifft, wenn's denn sein soll, ist in einem Eckhaus untergebracht und erstreckt sich über zwei Etagen. Das breite Portal gleicht einem stilisierten Haifischmaul, jedenfalls mußte dem Architekten sowas im Unterbewußtsein vorgeschwebt sein. Der modernistische Firlefanz bewies seine Wirksamkeit, das Portal übte einen Sog aus, die männlichen Passanten fühlten, kaum in die Nähe geraten, den unwiderstehlichen Drang, sich treiben zu lassen. Es gehörte mehr Willenskraft dazu, weiterzugehen als einzutreten. Wer eintrat, sah sich einer technischen Traumwelt von Gold und Silber gegenüber. Nach links zog eine Abteilung sexueller Haushaltsgeräte, mit angeschlossener Buch- und Kassettenabteilung. Rechterhand konnten Sex-Reisen geordert werden, eine Ausstellung Bildender Sex-Kunst schloß sich an, in der Mitte führte eine waghalsig geschwungene Treppe aus weißem Marmor nach oben, von wo die Klänge aufreizender Diskomusik herunterdröhnten.

Der Strom der Passanten teilte sich in diejenigen, die zuerst das Sexartikelgeschäft aufsuchten, und die andern, die schlankweg nach oben schritten.

Oben angekommen offeriert der Show-Laden seine ganze hintergründige Weitläufigkeit. Der Ankömmling durchmißt eine schmale Gasse mit Türen zu beiden Seiten, die in winzige Zellen führen, in denen spezielle Sexfilme angesehen werden können. Am seinem Ende erweitert sich der Gang in ein Rondell, einen verkehrsreichen Platz mitten im Gebäude. Ganz innen, im Mittelpunkt, dreht sich die Scheibe mit der Peeperin, drumherum sind die Kabinen im Kreise angeordnet, und um die Kabinen herum kreist die kuhäugige Kundschaft, öffnen sich Türen, treten Männer heraus und andere ein. Man hört das harte Klicken der Türverschlüsse. Und über allem das Lullen ständiger Disko-Rhythmen.

An einem für die Stadt typisch verhangenen Morgen trat Mani seinen Dienst an. Bevor er sein Nest in siebenhundert Metern Höhe auf dem Berg verließ, warf er einen letzten kummervollen Blick in den Spiegel, aus dem ihn ein durch und durch Fremder anstarrte.

Das Haar auf Zentimeterlänge gestutzt, den Rest der Strähnen und Wurzeln goldblond eingefärbt – sowas verändert ein Gesicht bis zur Fremdheit. Außerdem bewegte man sich anders.

Im Laden herrschte Betrieb. Jeff Zander, der Manager, stand an der Kasse und warf dem Ankommenden einen mürrischen Blick zu.

»Was hast du angestellt, daß Mac geschaßt wurde?«

Mac war das Naturblondchen, das Mani Lubitsch weichen mußte.

»Ich verfüge über die besseren Beziehungen, Jeff!«

»Hoffentlich meinst du nicht, du brauchst hier nur

rumzustehen und abzusahnen. Hier wird rangeklotzt, kapiert?«

»Ja doch, Boss!«

Mani schluckte seinen Ärger hinunter. Er wollte kein Aufsehen erregen und konnte keinen Ärger gebrauchen. Jedenfalls nicht gleich zu Beginn, bis er Jeff auf den Zahn gefühlt hatte.

»Weißt du, was du zu tun hast?« Jeff wurde immer herrischer.

»Einigermaßen –«

Jeff hatte plötzlich vollauf mit Geldwechseln zu tun. Eine größere Menge Schaulustiger drängte herein. Geldscheine wurden gezückt, Jeff wechselte in Münzen um.

»Los, mach, daß du an die Arbeit kommst!« knurrte der beschäftigte Kassierer und Aufseher.

Mani drehte sich um, ging drei Schritte, blieb stehen, drehte erneut um, ging die drei Schritte zurück.

»Ja?« Jeff hob das Gesicht, und Mani drosch ihm einen Schlag unter die Nase.

Der Körper des Getroffenen hob vom Boden ab, hing einen Augenblick lang in der Luft und stürzte rückwärts gegen die Wand. Jeff sah verdattert drein, entsetzt erstarrten die Kunden, die in der Reihe zum Wechseln anstanden.

»Merk dir eins«, sagte Mani freundlich, mit einer gänzlich unangestrengten, fast zärtlich klingenden Stimme, »merk dir also eins, man spricht mit mir auf eine anständige, höfliche Weise, oder man geht in die Luft.«

Sprach's, drehte ab und begab sich an seine Arbeit.

Mani sorgte im ganzen Bau für Ordnung, schlichtete Streitigkeiten, nach Möglichkeit friedlich, und wenn's nicht anders ging, mit der Faust. Er beruhigte, dämpfte, disziplinierte die Mädchen, wenn er sie nicht, was auch vorkam, in eine flottere Gangart versetzen mußte. Er ermahnte Kyra, das griechische Gastarbeitermuttchen, das die Kabinen säuberte, falls sie, was täglich mindestens zweimal geschah, in ihrem hygienischen Eifer nachließ. Bald hatte er herausgefunden, der Gang des Geschäfts wurde hauptsächlich vom Nachlassen der Energien bedroht. Mani spürte selbst, es war eine wahrhaftige Versuchung, der jeder leicht unterlag, begründet in der ganzen Art des Hauses, das auf die ständige Erregbarkeit des Publikums gerichtet war.

Das Bemühen, den Kunden die Markstücke aus der Tasche zu ziehen, ergab das ständige Auf und Ab einer Fieberkurve. Wenn sie denn fiel, wurden alle miteinander, die Peeperinnen, die Angestellten und die Schau-Männer von Unlust und Trauer erfaßt. Die Kunden verließen die Kabinen, weil ihnen nur lustloses Weiberfleisch geboten wurde und weil die Langeweile übergriff auf die Seher. Niemand verlangte nach den Solokabinen, es fanden kaum neue Kunden ins Haus, eine Welle der Schlaffheit erfaßte jeden.

Mani begriff, in solchen Momenten mußte er eingreifen. Er tauchte im Warteraum der Mädchen auf und feuerte sie an, mit ein paar lockeren Worten vertrieb er ihnen die Gänsehaut von Körper und Seele.

»He, Herzchen, schlaf nicht ein!« zischte es durch den Vorhang Richtung Scheibe, und schon bewegte sich das

Mädchen lebhafter, welche Regung sich auf die Zuschauer übertrug und endlich auf die potentiellen Kunden draußen auf der Straße, die den Laden nicht mehr links liegen ließen.

Die Pflichten seines Schein-Jobs erledigte Mani zuverlässig, und nebenbei konnte er den Tatort genauer in Augenschein nehmen, wozu er sich ja hatte anstellen lassen. Die Örtlichkeit begünstigte den Täter, der sich zweifellos ausgekannt haben mußte.

Wie Mani schnell feststellen konnte, waren der Vorführraum mit der Drehscheibe und der angrenzende Ruheraum, wo die Mädchen die Zeit zwischen ihren Auftritten verbrachten, durch einen einfachen Vorhang voneinander getrennt. Allerdings konnte man auch bei beiseite geschobenem Vorhang nicht von einem Raum in den andern blicken, denn sie lagen versetzt zueinander. Gleich linkerhand hinter dem Vorhang, Richtung Warteraum, lag die Tür, aus der der Mörder gekommen war. Seit dem Mord wurde die Tür nicht nur wie vordem verschlossen gehalten, sondern der Schlüssel steckte auf der Seite, wo sich die Mädchen aufhielten, die damit sichergehen wollten, daß nicht wieder jemand von der anderen Seite zu ihnen eindringe.

Die Tür war kaum benutzt worden, erfuhr Mani. Zwar konnte man durch sie hindurch auf einfachstem Wege in den anschließenden Haustrakt gelangen, und irgendwann früher hatte auf diesem kurzen Wege der Verkehr zwischen Büro und Show stattgefunden, doch dann war ein Umbau erfolgt, aber nicht zu Ende geführt worden, hinter der Tür blieb der Fußboden im aufgerissenen

Zustand, Steine, Kacheln und Baumaterialien stapelten sich.

Mani befragte die Mädchen, die darin übereinstimmten, daß seit dem Umbau nie mehr jemand diesen Gang benutzt hatte. Auf seine Frage, ob denn wirklich niemand gesehen habe, wer durch die Tür eingedrungen sei, mit einem Messer in der Hand, bekam er die gleiche Antwort wie die Kripoleute, die danach gefragt hatten. Keines der Mädchen hatte etwas gesehen. Vom Warteraum aus war der Durchgang nicht einsehbar. Selbst wenn eines der Mädchen ganz vorn gesessen hatte, konnte es lediglich den linken Rand des Vorhangs erblikken. Alles andere lag im toten Winkel. Der Mörder hatte durch die Tür eintreten, seinen Tat ausführen und sich zurückziehen können, ohne gesehen zu werden.

Mani nahm sich vor, mit jedem der Mädchen noch einzeln zu sprechen. Zwar erhoffte er sich keine wichtigen Hinweise, doch gab es in solchen Fällen Gerüchte, Überlegungen, Verdächtigungen genug, und wenn das auch nicht zu Erfolg führte, so wollte er doch nichts unversucht lassen, spitzte die Ohren und registrierte selbst bloßes, flüchtiges Weibergeschwätz. Außerdem war er noch zu neu im Milieu, um gegen das unendliche Gerede schon abgestumpft zu sein, irgendetwas Wissenswertes war immer dabei.

Die Mädchen lungerten nachlässig herum, gänzlich unbekleidet oder nur mit ihren Badelaken drapiert. So wenig Mühe wie für ihr Äußeres wendeten sie auch für ihre Unterhaltungen auf, jede redete, wie ihr der Schnabel gewachsen war, und von dem unverstellten Geplapper versprach sich Lubitsch einige Aufschlüsse. Der Umstand, daß Mani sich für alles interessierte, machte ihn bei den Peeperinnen wiederum interessant.

Das ging so weit, daß er schon fürchtete, als Bulle verdächtigt zu werden, weshalb er das Gerücht ausstreute, es sei eine Belohnung für die Ergreifung des Täters ausgesetzt worden, und er wolle sich das Geld gern verdienen. In der Tat wurden zehntausend Mark Belohnung für den entscheidenden Hinweis zur Aufklärung des Mordfalles versprochen, was Manis Fragen und Erkundigungen vollauf legitimierte. Die Mädchen wandten sich an ihn mit allerlei Tips. Zwar brachte ihn das nicht weiter, doch war er voll akzeptiert, hockte mit ihnen zusammen, klatschte und tratschte wie sie und vergaß bald, daß er sich in einem Kreis entblößter Darbieterinnen befand. Auch den säuerlichen Geruch des Schweißes rings um sich her nahm er nicht mehr wahr. So voll und ganz hatte er sich im kleinen Show-Geschäft akklimatisiert.

Als er Thea Brock im Warteraum antraf, erkannte er sie nicht auf Anhieb. Sie trug eine schwarze Perücke und ein knappes, gelbes Laken um die Hüften.

Als er sich endlich klarmachte, wer die Frau war, wunderte ihn, daß sie ihm keinerlei Zeichen gab. Erst am Tag darauf erfuhr er, sie hatte ihn ebensowenig erkannt.

Was Mani beinahe umwarf, war die Entdeckung, daß Thea zwischen den anderen nackten Mäuschen wie eine Sexbombe wirkte.

Lubitsch fragte sich, seit er mitten unter den Peeperinnen lebte und arbeitete, wie es denn zu erklären wäre, daß eine Ansammlung von wenig ästhetischen Ansichtssachen auf die Kundschaft anziehend oder gar aufreizend wirkte.

Es waren nicht die lieblichsten Bilder, die sie darboten. Doch waren Einzelheiten gar nicht wichtig. Busen, Bauch, Beine, Posen und Popos lagen zur Schau, mal mehr, mal weniger akttraktiv. Wichtig war vor allem die Darbietung des nackten Fleisches, die Vorstellung von Obszönität.

Ein Dutzend lüsterner männlicher Augenpaare paarten sich im Zielpunkt auf der Scheibe. Wer eine Münze opferte, durfte sich eine Minute lang sattsehen. Allein darauf kam es an. Nicht, was gezeigt wurde, sondern daß es offen, nackt und gegen ein geringes Entgelt präsentiert wurde.

Am zweiten Tag flüsterte er Thea zu: »Wir kennen uns nicht, sollten uns aber jetzt bekannt machen.«

An ihrem Blick las er ab, daß sie erst jetzt erfaßte, wer er war. Eine feine Röte zog über ihre von der Perücke halb verdeckte Stirn. Dann fragte er sie laut und mit offensichtlicher Arglosigkeit, ob sie neu sei in dem Geschäft.

Thea wird Künstlerin

Es verblüffte Thea selbst, daß sie auf Kommissar Jandells Vorschlag ohne weiteres eingegangen war. Nun jobbte sie schon den vierten Tag in der Show und kam sich fast altgedient vor. Ausgenommen den kurzen Schauer vor jedem Auftritt. Es war nicht nur wegen des Auftritts und mehr wegen der Tür, durch die der Messerstecher getreten war.

Die Tür wurde seither verschlossen gehalten. Die Mädchen vergewisserten sich, daß der Schlüssel im Schloß herumgedreht war. Der Blick auf den Schlüssel und die Probe, daß er sich nicht weiter nach rechts drehen ließ, beides verschaffte das beruhigende Gefühl, kein Unbekannter könnte sich Zutritt verschaffen. Indem die Mädchen sich beruhigten, beunruhigten sie sich zugleich. Die Tür war verschlossen – gewiß. Doch hinter der Tür lag das Gebiet der Bedrohung und Gefahr.

Thea war als nächste an der Reihe. Sie stand zwischen Tür und Vorhang und beobachtete ihre Vorgängerin, die seelenruhig auf dem Rücken lag und die gewünschten gymnastischen Übungen im Takt der Musik lieferte.

Am besten machten sich langgezogene Schlangenbewegungen. Der Schwerpunkt sollte möglichst weit in den Oberkörper verlagert sein. Oberhalb der Hüften sollte der Körper leicht werden und eine un-, wenn nicht übernatürliche Bewegungsfreiheit gewinnen. Das war nicht ganz einfach. Die Hüften sollten sich anheben, damit alles unterhalb einer gedachten Linie in die Übungen einbezogen werden könnte.

Die gedachte Linie verläuft oberhalb der Gürtellinie. Je höher sie verläuft, desto freier und schwebend-eleganter, auch um so anzüglicher und erfolgreicher erscheinen die Bewegungen des ganzen Körpers.

Thea hatte bei ihrem ersten Auftritt voller Angst auf ihre Vorgängerin geblickt und den Gedanken an die Männer in den Kabinen ganz bewußt ausgeschaltet. Wenn sie hier nicht versagen wollte, mußte sie sich konzentrieren. Innerlich rief sie sich zu: Reiß dich zusammen, Mädchen.

Wär' ja lächerlich, wenn ich dieses bißchen Arsch hoch – Arsch runter nicht hinkriegte, schließlich ist das kein Seiltanz, den sie hier von mir verlangen.

Derart aufgemöbelt, hatte sie den runden Raum betreten. Kaum stand sie zwischen Vorhang und Scheibe, erhob sich ihre Vorgängerin, griff ihr Badelaken und strebte an Thea vorbei zum Warteraum.

Der Blick, den sie der Neuen zuwarf, sollte ermunternd wirken.

Thea breitete ihr Lacken unter sich aus, legte sich mit dem Rücken drauf, spreizte die Beine und fühlte sich wie aus Blei. Lag reglos. Die Scheibe drehte sie einmal herum, ihr Blick ging die Kabinenfenster entlang. Schließlich registrierte sie, mehr als die Hälfte der Fenster waren geschlossen, die Jalousien herabgelassen. Wenn du hier liegst wie ein Klotz, schmeißen sie dich gleich wieder raus aus dem Laden, dachte sie. Während der zweiten Umdrehung sagte sie sich: Na und wenn schon, ich bin auf diesen Job nicht angewiesen!

Dann begann die dritte Umdrehung.

Thea fühlte sich nicht mehr bleischwer, hob graziös das rechte, dann das linke Bein, lüpfte das Becken, präsentierte ihr Fleisch, und nichts erstaunte sie mehr als die Entdeckung der Tatsache, daß ihr das alles Spaß zu machen begann.

Fünf Minuten sind keine Ewigkeit. Fünf Minuten sind eine kurze Spanne Leben. Du gibst die Fünf-Minuten-Stücke aus wie wertlose Heller. Zweimal auf die Uhr geblickt, und du bist um fünf Minuten ärmer.

Fünf Minuten sind gar nichts. Zugleich sind fünf Minuten auf der Scheibe eine Ewigkeit.

Fünf Minuten lang lag Thea auf dem Rücken, das lernt jede Frau kennen, wenn sie einen Mann über sich hat. Es kann kurz sein und schnell gehen. Es kann sich verdammt in die Länge ziehen. Es gibt Männer im Leben einer Frau, da schaltet sie sich vorher ab und kehrt nachher zurück ans Licht. Es gibt Männer, die man erträgt, die Frau erträgt, bis sie unerträglich werden.

Alles ist überwindbar. Daran glaubte Thea nicht mehr, als sie auf der Scheibe lag, die sich krächzend und ruckelnd, als wäre sie unwillig oder schlecht geölt, unter ihr drehte. Und sie wurde auf der Bühne herumgedreht, gemächlich, doch unentwegt, ihr Blick war starr geradeaus gerichtet – doch was ist geradeaus bei ständiger Umdrehung?

Die Gucklöcher der Kabinen zogen vorbei. Thea war es, als drchten sich die Gucklöcher und sie liege still. Das Holpern der Scheibe und ein leise nörgelndes Kratzgeräusch brachten ihr in Erinnerung, daß sie es war, die gedreht wurde. Immer im Kreise. Und sie lag auf dem Rücken und versuchte, sich gymnastisch zu bewegen. Elegant sollte es aussehen. Und lasziv. Und obszön. Das bringt Kohle. Macht Kasse. Steilt auf. Läßt die gewünschten Markstücke fallen, die heiß ersehnten. Roll, Rubel. Purzelt, ihr Märker und Fünfer. Silberlinge sonder Zahl will ich zusammenraffen.

Ist, was ich zu bieten habe, gut verkäuflich? fragte sich Thea. Gewinnen meine Waren, indem ich sie in die vorteilhafteste Position bringe? Habe ich Wertzuwachs und schließlich Preiserhöhung zu erwarten? Steige ich auf in der Skala oder sinke ich etwa nach unten und falle ganz und gar heraus aus dem Angebot? Degradiere ich mich in den beobachtenden Männeraugen oder beginne ich hier eine große Karriere?

Thea war es gewohnt, eine Aufgabe, die man ihr stellte, so gut wie überhaupt möglich zu erfüllen. Sie sollte eine Peeperin sein, also war sie es.

Jetzt bin ich ein Stück Fleisch in einem Schaufenstersortiment. Ich bin Rind oder Schwein oder Kalb. Ich muß saftig aussehen. Den Kunden muß das Wasser im Munde zusammenlaufen, wenn sie mich betrachten. Ich muß ihnen meine besten Stellen zeigen, meine stärksten Stücke ausbreiten. Wie präsentiere ich mich am vorteilhaftesten? Wie ziehe ich alle Aufmerksamkeit auf mich?

Die fünf Minuten ziehen sich endlos hin. Da Thea nicht ständig die gleichen Bewegungen darbieten will, wechselt sie öfter die Position.

Da sie Angst hat, nicht gut zu sein, legt sie viel zu viel Wert darauf, wirklich gut zu sein. Sie strengt sich zu sehr an, verschwendet ihre Kraft und erreicht keineswegs die normale Eleganz der anderen, nicht einmal den unteren Durchschnitt. Dazu gehört Übung, und die hat sie noch nicht. Aber sie ist voll bei der Sache.

Wahrscheinlich ein paar Einzelheiten. Ihre Unsicherheit verfliegt. Sie wirft sich herum auf den Bauch, stützt sich auf die Unterarme und reckt das Hinterteil steil gegen die Gucklöcher.

Seht Männer, seht und steigt auf und zahlt und seht und zahlt!

Als Thea die Scheibe verläßt, fühlt sie sich wie gerädert. Der Schmerz zieht ihr in die Glieder. Ihr ist zumute, als sei jede Sehne ihres Körpers gezerrt, noch während der ersten Schicht packt sie der schlimmste Muskelkater ihres Lebens.

Unterdessen ist sie mehrmals auf der Scheibe gewesen und stellt sich nicht mehr so ungeschickt an. Sie teilt ihre Kräfte besser ein und erzielt größere Wirkungen.

Sie weiß, wenn sie ihren Unterleib schräg aufrichtet, nimmt auch ihr Oberkörper eine leichte Schrägstellung ein, was ihren Brüsten festere Konturen gibt. Die Männer verfolgen derlei Feinheiten sehr aufmerksam. Sie mögen es weniger, wenn sich bei einer liegenden Frau die Brüste abflachen. Bei ausgepichten Kunden gibt es dafür den der Autosprache entliehenen Ausdruck vom »Platten«. Hier wie dort ist ein »Platter« keineswegs beliebt.

Bald findet Thea in den Gesprächen heraus, daß sich ihre Kolleginnen damit sehr gut auskennen. Jede hat da ihre kleinen Tricks, die Titten so voll und straff wie möglich erscheinen zu lassen. Allerdings geht's bei dem Geschäft nicht nur um die Brüste. Der stärkste Anziehungspunkt bei der Peeperin ist das primäre Geschlechtsmerkmal.

Also mußt du, wenn du auf der Scheibe liegst, den optimalen Einblick gestatten. So zielbewußt, wie der Kunde schaut, mußt du dich öffnen, für Augenblicke zumindest, natürlich sollte sich eine nicht stur mit gespreizten Schenkeln anbieten, ein bißchen geschickter hat sie schon zu agieren.

Der Tanz, den du liegend andeutest, ist die Untermalung, die du deinem Geschlecht hinzufügst, damit es dic Schaulustigen fasziniere.

Das ist dein Angebot, das mußt du wirksam präsentieren.

Jedes Mal, wenn Thea die Scheibe verläßt, erwarten die Kolleginnen sie mit einem ironisch überlegenen Lächeln. Sie sind alle ein erstes Mal dort draußen im Blickfeuer gewesen und kennen die Ängste und Befürchtungen. Dort auf der Scheibe ist man verdammt allein. Fast alle haben sich als Anfängerinnen viel zu sehr ausgegeben, und jede litt am Ende der Schicht unter einem unvorstellbaren Muskelkater. Das ist Schwerarbeit, die Mädchen wissen es, erst Übung und Routine verschaffen einem im Laufe der Wochen die Möglichkeit, leicht und locker zu erscheinen. Thea brauchte dazu ihre Zeit. Nun leidet sie nicht mehr an aufgescheuerten Ellbogen und zerschrammten Knien, endlich hat sie den angemessenen Rhythmus der Selbstvorführung im Blut.

Richtig stolz fühlte sie sich, als eines der Mädchen, nachdem es Thea auf der Scheibe beobachtet hatte, so anerkennend wie beiläufig bemerkte: »Jetzt hast du es kapiert.«

Ihr war zumute wie nach der Verleihung eines Facharbeiterbriefes. Thea konnte es nun mit den Langgedienten aufnehmen. In Gedanken hörte sie das nüchterne Klirren der eingeworfenen, fallenden Geldmünzen und empfand es als sehr harmonisches Geräusch. Mein Verdienst, verehrte Kolleginnen, mein Tribut von den Kunden. Und der Verdienst meiner Arbeitgeber.

So eine Existenz als lebende Ware, die auch noch ihre eigene Werbung betreibt, läßt sich lernen. Man verkaufte Äußerlichkeiten, aber das Gerangel auf dem Markt war groß. Thea begriff schon in den ersten Tagen, auf der Scheibe liegend kämpfte jedes Mädchen nur für sich allein und gegen alle anderen an. Der Konkurrenzdruck war gewaltig. Die Kunden mußten angestachelt werden, daß sie einen danach in die Solo-Kabine bestellten. Die Solos sind es, die Geld einbringen. Die Männer bestellen zu Einzelvorführung nur Mädchen, die sie scharf machen.

Als Thea die erste Woche der Show hinter sich hatte, zog Lubitsch sie beiseite und fuhr sie ruppig an: »Denken Sie manchmal noch daran, weshalb Sie hier sind?«

Im ersten Moment wollte sie hart kontern. Dann antwortete sie gelassen: »Ich arbeite hier, weil ich alles genau kennenlernen will, alles, verstehen Sie?«

Mani schwieg und verdrückte sich. War schließlich ihre Sache, wie tief sie sich da hineinkniete. Eine ehrgeizige Person, diese Thea.

Auf dem Gang zu den Büros kam ihm der Boss entgegen. In einem Breitcordanzug, wie ihn vor Jahren die Künstler gern trugen.

»Guten Tag, Herr Leukert!« sagte Lubitsch.

Das runde glatte Gesicht über dem Cord blieb reglos. Die Lippen fest geschlossen, starrte der Boss durch Mani hindurch.

Blödmann, dachte Lubitsch und kam erst später darauf, daß auch Leukert ihn nicht erkannt hatte. Mit seiner Tarnung konnte er offensichtlich ganz zufrieden sein. Wer weiß, wozu er den Blonden, der in ihm steckte, noch gebrauchen konnte. Er hatte da ein paar Kandidaten, die er gern ein bißchen an der Nase herumführen würde.

Der Tanz geht weiter

Am Montagmorgen fand Lubitsch in seinem Briefkasten eine seltsame Botschaft. Der Brief war ohne Absender, die Adresse mit aus der Zeitung geschnittenen Druckbuchstaben zusammengefügt.

Auch die Nachricht im Inneren des Umschlags bestand aus geklebten Zeitungsbuchstaben und lautete:

»DREH DEN SCHLÜSSEL UM,
GEHE DURCH DIE TÜR.«

Es fehlten Datum und Unterschrift.

Mani ließ den Brief auf dem Schreibtisch liegen und vergaß ihn bis zum Nachmittag. Seine Schicht begann um 17 Uhr. Bei freier Strecke benötigte er eine halbe Stunde für die Fahrt in die Stadt. Da es manchmal zu Staus kam, fuhr er kurz nach 16 Uhr los.

An diesem Montagnachmittag gab es nicht das geringste Hindernis. Ohne Stockung gelangte Mani in die Kaiserstraße.

Um 16 Uhr 35 betrat er das Haus, ging geradewegs in den Aufenthaltsraum, wo die Tagschicht noch darauf wartete, abgelöst zu werden.

Das Geräusch der schwätzenden Mädchen und der

ewig auf- und abschwellende Lärm der Diskomusik, mit der die Darbietungen auf der Scheibe untermalt wurden, drangen kaum an sein Ohr. Vor dem Vorhang, der den Vorführraum abtrennte, blieb Lubitsch stehen, griff nach dem Schlüssel, der im Türschloß steckte, drehte ihn zweimal nach links und öffnete die Tür.

Er stand vor einem Mann, der ausgestreckt auf dem Boden lag und schlief.

Der Mann trug einen zerknitterten grauen Anzug. Er lag auf dem Bauch. Am linken Fuß trug er einen braunen Halbschuh. Am rechten Fuß fehlte der Schuh. Der graue Socken war heruntergerutscht und hing über die Ferse. Obwohl der Mann der Länge nach auf dem Bauch lag, hatte er etwas Verkrampftes an sich, es war nicht die natürliche Stellung eines Schlafenden, es war die endgültige, erstarrte Gestalt eines Menschen ohne Zukunft.

Als Manis Augen sich an das Dunkel gewöhnt hatten, das im Durchgang herrschte und den Konturen ihre Schärfe nahm, erkannte er den braunen, hölzernen Griff eines Messers, das dem Liegenden im Rücken steckte.

»Kommissar Jandell dort?«

»Hier Jandell. Sind Sie es, Lubitsch?«

»Wir werden uns gleich anschließend in Gegenwart anderer treffen. Bitte denken Sie daran, daß wir uns offiziell nicht kennen, lieber Jandell.«

»Und weshalb treffen wir uns, lieber Lubitsch?«

»Wegen einer Leiche.«

»Und wo wird unsere Begegnung stattfinden?«

»An meinem Arbeitsplatz, wo die Peep-Bienen summen.«

»Und wen hat es dort diesmal erwischt?«

»Keine Ahnung. Fragen nützt nichts. Tote verweigern die Auskunft.«

»Gut, bis nachher. Ich werde in zehn Minuten drüben sein.«

In ihrer Aufregung über Scheibe, Schaltung und die richtige, zugkräftige Präsentation ihrer Glieder hatte Thea anfangs nur undeutlich wahrgenommen, was sich in den Solokabinen tat.

Nachdem sie die Vorführung auf der Scheibe einigermaßen beherrschte, wandte sie ihre Aufmerksamkeit den Solokabinen zu. Sie hatte angenommen, in den Einzelkabinen tanzten die Mädchen so ein bißchen vor dem Einzelkunden herum, eine Art von Striptease für einen einzigen Zuschauer.

Bald merkte Thea, das war ziemlich naiv gedacht. In den Kabinen wurden harte Kämpfe um die Moneten ausgefochten.

Die Solokabine hat ungefähr die Größe zweier Telefonzellen, die durch eine Glasscheibe voneinander getrennt sind. In der einen Hälfte steht oder sitzt der Kunde, und in der anderen, sehr dicht vor ihm, sitzt das Mädchen mit gespreizten Beinen.

Thea beobachtete, daß ihre Kolleginnen kaum merkliche tänzerische Figuren andeuteten. Zum Tanzen ist auch viel zu wenig Platz. Hauptsache ist, daß die Beine gespreizt werden und der Besucher frei hinblicken kann. Dafür zahlt er schließlich, und alles andere ist Tarnung und Beiwerk.

Weil's nichts ist mit dem Tanzen, bewegen die Mädchen wenigstens die Hände, wobei sie einen ziemlich mechanischen Rhythmus beibehalten. Die Hände umkreisen den Busen, gleiten die Bauchlinie hinab über den Schamhügel und Oberschenkel. Danach das Ganze umgekehrt mit Zielrichtung nach oben. Trotz des Mechanischen erscheinen die Gesten zu schnell und beziehungslos. Obwohl sie Erotisches enthalten und ausdrücken sollen, sind sie gänzlich unerotisch und erinnern an die stupiden Bewegungen von Bären im Zoo.

Erstaunt stellte Thea fest, die Bewegungen der Mädchen in den Solokabinen wirkten leicht tölpelhaft und unlustig. Selbst wer auf der Scheibe was brachte, brachte in der Kabine weniger. Weshalb waren die Soloauftritte dann so beliebt?

Thea mußte über sich selber lächeln. War sie wirklich mit romantischen Erwartungen in den Job eingestiegen? Hier eine Spur von Erotik zu erhoffen, war verfehlt.

Der Raum, in dem der Mann sitzt, ist zwar abgedunkelt, doch bleibt der Kunde soweit sichtbar, daß sich feststellen läßt, wie er sich beim Zusehen verhält und was er tut.

Thea erfährt, daß 90 Prozent der Kunden in den Solokabinen onanieren. Deshalb steht auch hier ein orangefarbener Plastikeimer bereit. Die Mädchen haben Anweisung, darauf zu achten, daß die Eimer benutzt werden. Kabinenboden und Wände sollen nicht vom Ejakulat getroffen werden.

Die Peep-Show hat immer einen Jungen bereit, der die Kabinen bewachen und säubern muß.

Das ist eine wenig angenehme Beschäftigung. Die Jungs, die dafür angestellt sind, haben nicht nur den Boden zu säubern, sondern auch die Eimer auszuleeren. Sie arbeiten mit verhaltener Wut und verachten die Kunden noch heftiger, als es die Mädchen tun.

Mit der Zeit steigt ein scharfer Samengeruch aus den Kabinen, der sich überall bemerkbar macht. Bald nimmt man ihn auch dann wahr, wenn er gar nicht oder nur schwach vorhanden ist, bei geringerer Besucherfrequenz etwa. Die Reinigungsjungs hassen den Geruch, die Besucher, die Mädchen und ihren ganzen Job. Von Zeit zu Zeit beginnt einer der Jungs wütend zu schreien und prügelt auf die Besucher ein, von denen das Geld kommt.

Doch der Junge, der jetzt Dienst tut, ist schon etwas älter und verhält sich sehr ruhig und diszipliniert.

In der zweiten Schicht, die um 17 Uhr antritt und zu der Thea gehört, arbeitet auch Mani Lubitsch. In dem Maße, in dem sie sich als Peeperin zu behaupten versteht, findet sie Gefallen daran. Jandell hat sie gebeten, sein Auge zu sein und sein Ohr. Sie soll für den Kommissar vor Ort alles hören und sehen, was getan und gesagt wird. Auch das im ersten Moment Unscheinbare und Unwichtige soll Thea sich merken. Jeden Nachmittag, bevor sie ihren seltsamen Arbeitsplatz aufsucht, ruft sie den Kommissar an und berichtet.

Zwei Wochen lang arbeitete Thea in der Show, und es fiel ihr nicht schwer, Lubitsch zu übersehen. Niemand sollte wissen, daß sie sich kannten und an der gleichen Aufgabe arbeiteten. Thea ignorierte den kurzgeschorenen Blonden mit links.

Bis zu diesem dritten Montag. Als Lubitsch die Tür öffnete und den Toten dahinter entdeckte. Er schloß die Tür gleich wieder, ging in den Warteraum, setzte sich zwischen die Mädchen. Thea kam gerade von der Scheibe zurück. Als sie Lubitsch erblickte, begriff sie, es war etwas geschehen. Er ließ sich äußerlich nichts anmerken. Nur in seinen Augen lag die Botschaft versteckt. Vorsicht, Mädchen.

Kurz darauf stürzte der Kommissar herein. Er und Lubitsch gingen zu der Tür und öffneten sie. Die Mädchen drängten den beiden nach.

Nur gab es hinter der Tür nichts zu sehen.

Die Leiche war weg.

Die beiden Männer schoben die neugierig schaudernden Mädchen zurück und schlossen die Tür. Dann begannen sie den Gang genauer zu untersuchen. Lubitsch erläuterte dem Kommissar, wo die Leiche gelegen hatte. Sie fanden keine Blutspur. Der dunkle Gang war acht Meter lang und mündete in einem querlaufenden Korridor. Wie in einem Innenstadtviertel üblich, waren die aneinandergebauten Gebäude innen miteinander verbunden und die Brandmauern durchgestoßen worden, so daß umfangreiche Komplexe entstanden.

Es gab in der nächsten Nachbarschaft Bordellbetriebe, die zwecks größerer Wirtschaftlichkeit immer weiter ausgeweitet worden waren und sich endlich über ganze Straßenzüge erstreckten. Die Kundschaft konnte den Komplex durch den Hauseingang an einem Ende betreten und ihn am andern Ende der Straße wieder verlassen. In den fünf- und sechsgeschossigen Häusern waren alle Etagen miteinander verbunden, zu beiden Seiten der langen Gänge lagen die Zimmer der Prostituierten, die in den sperrangelweit geöffneten Türen leicht bekleidet und in verführerischen Posen ihre Dienste anboten.

Mitten in die Bordellbetriebe eingestreut standen die fünf Häuser mit der Peep-Show, der Leukertschen Verwaltung, seinem Privatbüro, einigen vermieteten Büros und endlich, ganz oben, dem Penthouse Leukerts.

Wie Lubitsch und Jandell feststellten, konnte jeder Fremde über verschiedene Wege ins Innere des Komplexes gelangen, allerdings gehörte einige Ortskenntnis dazu, sich nicht zu verlaufen. Überdies verfiel ein Fremder schwerlich auf die Idee, über die Steine und den Bauschutt hinwegzusteigen, die das Ende des Ganges, der zum Warteraum der Peep-Show führte, fast versperrten.

Der Kommissar verschwand, während Lubitsch sich bemühte, mit Hilfe seines Feuerzeuges den Gang nach Blutspuren abzusuchen. Jandell kam mit einer Taschenlampe zurück. Gemeinsam sondierten sie den Gang, fanden jedoch keine Blutlache und schlossen daraus, der Tote müsse an einem anderen Ort umgebracht und dann in den Durchgang gelegt worden sein.

Fragte sich nur, weshalb er dann wieder abtransportiert worden war.

Möglicherweise hatte jemand beobachtet, daß Lubitsch die Leiche entdeckt und den Kommissar herbeitelefoniert hatte. Aber wer hätte das beobachten können? Entweder war jemand im Durchgang postiert gewesen, oder eines der Mädchen im Warteraum gab Signale. Mani schloß Letzteres aus. Keines der Mädchen war dabei, als er den Toten entdeckte. Damit es nicht auffiele, hatte Lubitsch die Tür sofort wieder geschlossen und nichts von seiner Entdeckung verlauten lassen. Er war durch den Warteraum an den Mädchen vorbeigegangen und hatte von der öffentlichen Fernsprechzelle auf der Straße aus den Kommissar benachrichtigt, was einen illegalen Mithörer ausschloß.

Sie beratschlagten und kamen überein, daß es sich entweder um ein abgekartetes Spiel handeln müsse oder um ein Timing des Zufalls. Entweder war jemand am Werke, der ihnen mit der Leiche vor der Tür etwas signalisieren wollte, oder der Tote war aus anderen Gründen abgelegt und wieder abtransportiert worden. Jandell zeigte sich unzufrieden darüber, daß Lubitsch sich den Toten nicht näher angesehen hatte, akzeptierte jedoch Manis Einwand, ihm sei es darum gegangen, Aufregung bei den Mädchen zu verhindern.

Bei einer nochmaligen Besichtigung des Gang-Endes vermeinten sie Schleifspuren festzustellen, was indessen nicht weiter half, denn daß die Leiche mindestens auf diesem Wege entfernt worden war, stand sowieso fest. Ob die Leiche aber vorher auch in den Gang hineingebracht oder ob der Mann im Gang getötet worden war, blieb unsicher, wenn auch die Abwesenheit von Blutspuren nahelegte, der Mord sei an einem anderen Ort geschehen.

»Es gibt zwei Möglichkeiten«, stellte der Kommissar mürrisch fest, »entweder benutzte ein Ortskundiger den schwer zugänglichen Durchgang, um den Toten vorübergehend zu verbergen, oder jemand war darauf aus, daß der Tote gesehen, aber nicht identifiziert werde. Im ersteren Fall kann es sein, daß die Tat mit uns und unseren Untersuchungen gar nichts zu tun hat. Vielleicht handelt es sich um eine Abrechnung unter Ganoven, um einen Akt im Bandenkrieg des Bahnhofsviertels. Kann sein, unsere Mafia war am Zuge, was weiß ich. Im zweiten Falle sollten wir eine Nachricht erhalten, fragt sich nur, welche.«

»Vielleicht handelt es sich bei dem Toten um den Mörder der Hanna Sonntag, der zur Strafe selbst umgebracht worden ist.«

»Mag sein, daß uns diese Information signalisiert werden sollte.«

»Weshalb schaffte man den Toten dann wieder weg?«

»Der Unbekannte wollte uns etwas mitteilen, möchte aber nicht, daß wir die Leiche dazu benutzen könnten, ihm auf die Spur zu kommen.«

»Der Mörder könnte einer sein, dem daran liegt, daß hier wieder Ruhe einkehrt.«

»Dieser Jemand wüßte demnach, was wir niemanden wissen lassen wollten – daß wir zwei Leute eingeschleust haben.«

»Er muß nicht von zwei Leuten wissen. Einer genügt schon. Der Unbekannte sagt uns also: Leute, da ist ein

Mädchen ermordet worden. Das tut uns leid. Wir haben den Mörder des Mädchens ausfindig gemacht und gerichtet. Geht also nach Hause, Leute.«

»Und – gehen wir nach Hause?«

»Ich schon. Sie nicht. Thea auch nicht.«

»Was dem Unbekannten eventuell nicht passen wird. Wenn er sich soviel Mühe gibt, einen Mord mit einem zweiten zu bereinigen, dann dürfte er dafür seine Gründe haben, und dann wird ihm daran gelegen sein, Thea und mich loszuwerden. Wird er uns jedoch nicht los, könnte er es anders versuchen.«

»Hm.« Jandell klopfte sich mit der neuerworbenen Taschenlampe gegen das Kinn. »Das Risiko müssen wir eingehen. Ich werde Thea entsprechend instruieren.«

»Und an die Gefährdung meiner Wenigkeit denken Sie nicht, Kommissar?«

»Bisher wußten Sie sich immer noch selbst zu schützen, Mani!«

»Ich gebe zu, es könnte fast so aussehen, als sei mein Weg mit Leichen gepflastert. Doch der Gerechtigkeit halber muß ich hinzufügen: Die meisten dieser Leichen legten Sie mir in den Weg!«

Jandell entfernte sich Richtung Korridor. Lubitsch öffnete die Tür, schloß sie wieder und eilte dem Kommissar nach, den er im Treppenhaus einholte.

»Ich muß mich entschuldigen, Kommissar!«

»Wofür?«

»Wegen meiner Zerstreutheit.«

»Das heißt, Sie vergaßen etwas?«

»Es ist dumm von mir. Ich schäme mich.«

»Vielleicht versuchen Sie nun etwas Vernünftiges zu stammeln?«

»Ich war durcheinander. Ein Zufall scheidet aus. Man hat uns etwas ganz Bestimmtes signalisieren wollen.«

Und Mani holte die Nachricht, die er daheim erhalten hatte, aus der Jackentasche.

Jandell las den Brief und nahm ihn mit ins Präsidium zur genaueren Untersuchung. Zwar glaubte er nicht daran, verwertbare Fingerabdrücke zu finden, doch gehörte es zur Routine, danach zu suchen. Auch die technische Beschaffenheit des Papiers, des Klebemittels, die Frage, aus welcher Zeitung die Buchstaben ausgeschnitten worden waren, mußten untersucht werden.

Die Erkenntnis, daß es jemanden gab, der sich bemühte, ihnen etwas mitzuteilen, beflügelte Jandells Phantasie. Das schlimmste in seinem Job bestand im Auf-der-Stelle-treten. Jetzt aber waren sie ein kleines Stück vorangekommen. Zwar wußten sie nicht, wer es war, nach dem sie suchten. Immerhin wußten sie nun, es gab überhaupt jemanden. Bisher hatten sie noch glauben können, der erste Mord sei die irrwitzige Zufallstat eines Irren gewesen, doch wenn der Mord an Hanna Sonntag jemanden dazu brachte, einen zweiten Mord zu begehen und damit möglicherweise den ersten Täter aus dem Wege zu räumen, dann zeichneten sich die ersten vagen Umrisse einer Interessengemeinschaft ab. Es gab jemanden, der sich gestört fühlte und der die Störung zu bereinigen suchte, indem er kaltblütig zuschlug.

Jandell wußte nicht, wem er auf der Spur war, doch wußte er nun, es gab eine Spur.

Als Thea am Tag darauf im Präsidium anrief, um Jandell ihren tagtäglichen Bericht zu erstatten, ließ der Kommissar die Frau ausreden und bat sie dann, künftig jeden Tag eine Kassette zu besprechen. Es komme ihm darauf an, genau zu erfahren, was sich im Warteraum abspiele, was gesprochen werde, wer wem was sage, welche Verbindungen es zwischen den Mädchen gebe.

Theas Einwand, es handle sich um bloßes Geschwätz, ließ Jandell nicht gelten, ihm liege, erläuterte er geduldig und bestimmt, an dichten atmosphärischen Zustandsschilderungen.

»Für sowas ist Ihr Freund Mani besser geeignet«, erwiderte Thea.

»Leider verfügt er nicht über den Körper einer schönen Frau.«

Thea bedankte sich für das Kompliment, und die kleine Schmeichelei ließ ihr Unbehagen schmelzen.

Theas 1. Bericht

Ich stehe hinter der Bühne und beobachte meine Kolleginnen auf der Scheibe. Es kommt mir in diesen Minuten nicht in den Sinn, daß sich meine Blicke mit denen der zahlenden Kunden in den Kabinen treffen und kreuzen. Ich beobachte aus gänzlich anderen Gründen als die Markstücke einwerfenden Männer. Ich bin nicht geil und will es nicht werden. Mir ist eher ängstlich zumute. Allerdings schwindet meine

Angst allmählich. Ich gewinne ein wenig Selbstvertrauen, fast eine Spur von Mut macht sich bemerkbar.

Während die Mädchen in den Solokabinen sitzen und ihre Kunden unterhalten, führen sie oft das Gespräch mit den Kolleginnen jenseits des offenen Plastikvorhangs weiter. Das Mädchen darf sich weiter im Kreis der anderen wähnen, und so fällt es ihm leichter, den Kunden fast zu ignorieren. Jedenfalls bildet er nicht den Mittelpunkt der Aufmerksamkeit, und dadurch fühlt sich das Mädchen etwas wohler.

Manche Männer, die das begreifen, bestehen darauf, daß der Vorhang geschlossen wird. Das Mädchen ist dann gezwungen, sich ganz dem Kunden hinzuwenden. Die Mädchen helfen sich dadurch, daß sie fest auf einen bestimmten Punkt an der Kabinenwand starren.

Am ersten Abend waren wir im neu aufgestellten Team zu viert. Die übrigen reisten erst aus verschiedenen Städten an, und so wurde unser noch halbfertiges Team durch Mitglieder der alten Gruppe aufgefüllt.

Die drei Mädchen, mit denen gemeinsam ich zum neuen Team gehörte, ließen gegen mich, die Neue, keine Aggressionen erkennen. Das war ein Glücksfall, denn normalerweise ist die eine der anderen gegenüber die reinste Teufelin.

Nach kurzer Zeit traten die Aushilfen ab. Seitdem sind wir zu viert im Wechsel auf der Scheibe und zu fünft für die Solos, denn für die Kabinen ist noch Birgit da, die nicht auf die Scheibe geht und statt dessen oben im Pornokino zu jeder vollen Stunde Striptease tanzt.

Weil sie pro Stunde nur einmal auftritt, bleibt ihr dazwischen viel Zeit für die Solos. Heute hat sie schon in der

Frühschicht gearbeitet, bringt jetzt die zweite Schicht hinter sich und ist trotzdem bester Laune.

Als sie für ein Solo aufgerufen wird, ißt sie gerade eine Käsesemmel und eine Portion Spaghetti. Kurzentschlossen nimmt sie die Speisen mit in die Kabine und kaut dabei weiter. Danach fragt ein Kabinenbesucher auf dem Gang draußen seinen Vorgänger: »Hat sie bei dir auch Spaghetti gegessen?«

Die Bemerkung hat Jeff, der Show-Manager, aufgeschnappt, er stellt Brigit zur Rede.

Birgit blickt Jeff nachdenklich an. In schönster Selbsterkenntnis stellt sie fest, daß wir in dem Job schon verdammt abgehärtet sein müssen, denn: »Überleg mal, Junge, die wichsen und wir essen!«

Birgit wertet es so, daß es anständiger von den Kunden wäre, nicht zu onanieren, solange sie sich an Käse labt.

Birgit ist eine wahre Walküre mit riesigen Brüsten, die schon ein bißchen hängen. Dabei ist sie erst 21 – aber wer weiß, ob das stimmt. Sie trägt das Haar kohlrabenschwarz gefärbt und umrandet ihre blauen Augen mit einem dicken schwarzen Lidstrich.

An Birgits Humor muß ich mich erst gewöhnen, und das fällt schwer. In der Solokabine gibt sie, wenn sie nicht gerade futtert, ganz besondere Einlagen. Zuerst fand ich das recht geschmacklos. Meist trägt sie Kamm und Bürste bei sich. In der Kabine bürstet und kämmt sie sich auch Achsel- und Schamhaare. Oder sie wirft ihre mächtigen Brüste hin und her, das Gewoge mit saftigen Bemerkungen kommentierend.

Manchmal unterhält sie sich mit dem Kunden, von einer

gewissen Lautstärke an dringen die Worte bis zu uns. Wir sind ziemlich indigniert, wenn wir hören, was Birgit ihrem Besucher so alles mitzuteilen hat.

In Kopfhöhe sind in der gläsernen Trennscheibe kleine Löcher angebracht, durch die man sich verständigen kann. Das mittlere Loch ist so groß, daß eine zusammengerollte Banknote hindurchpaßt. Viele Stammgäste geben Trinkgelder, meist 20 oder 30 Mark in Scheinen.

Unsere Walküre versteht es gut, die Sondereinnahmen zu optimieren. Ihren Kunden gegenüber gibt sie sich völlig ungeniert.

So, das wäre der erste auf Kassette gesprochene Bericht von Thea. Lieber Kommissar, bist Du mit mir zufrieden? Soll das tatsächlich etwas bringen, diese vielen Details und Nebensächlichkeiten? Aber ich laß' mich gern belehren von Dir, Jandell, und wenn's wirklich was nützte, wäre ich fürchterlich froh. Grüß Dich . . .

Der Kommissar erhielt die erste Kassette, als er vom Mittagessen in der Kantine des Präsidiums an seinen Schreibtisch zurückkehrte. Frau Martell, seine Sekretärin, verschwand zu ihrem Zahnarzt, bei dem sie ein Dauerabonnement haben mußte. Jandell und seine Sekretärin waren ein eingespieltes Team und kamen seit vielen Jahren glänzend miteinander aus. Nur die ständigen Zahnschmerzen der Frau gingen Jandell auf den Wecker. Er riet ihr, sich endlich ein komplettes drittes Gebiß zu besorgen, und da Frau Martell wöchentlich mindestens einmal über Zahnschmerzen klagte, brachte der Kommissar mindestens einmal pro Woche seinen vernünftigen wie unerwünschten Rat vor.

Jandell drückte Theas Kassette in den Recorder und lauschte der heiseren Frauenstimme. Während er zuhörte, vergaß er, auf den Inhalt der Schilderungen zu achten und verlor sich in gewissen atemberaubenden Erlebnissen der Vergangenheit.

Nachdem er die Kassette ein zweites Mal abgehört hatte, entschied er sich, in die nüchterne Welt der Realität zurückgekehrt, von den nächsten Kassetten Theas mehr zu erwarten. Denn, sagte er sich, weltklug und menschenerfahren, wie so ein altgedienter Kriminaler nun mal ist, Thea wird schnell hinzulernen und begreifen, worum es geht, auch wenn ich ihr nicht genau verraten kann, worum es geht.

Er warf einen Blick auf seine Armbanduhr, überlegte, dachte: Um siebzehn Uhr beginnt ihre Schicht. Ich werde sie eine Stunde vorher anrufen.

Fünf nach vier erinnerte er sich daran und telefonierte. Thea nahm sofort ab.

Sie spielten eine Weile Telefon-Ping-Pong, dann erklärte der Kommissar unvermittelt: »Thea, du bist mein atmosphärischer Detektiv. Du wirst deinen Sinn für Genauigkeit entwickeln. Ich kann dir nicht sagen, warum ich auf die winzigsten Einzelheiten so scharf bin, aber ich sage dir, ich bin es. Und im übrigen liebe ich dich noch ebenso wie an jenem ersten Tag.«

»Hm«, antwortete die Frau.

»Ist das schon alles, Thea?«

»Ich verspreche hiermit, dem Herrn Kommissar ein

treuer Untergebener zu sein. Und ein aufmerksamer Detektiv des minimalen Details.«

Theas 2. Bericht

Mich, als das Team-Küken, schloß Birgit in ihr großbusenbewehrtes Herz. Eine Menge Anekdoten aus ihrem Privatleben wurden mir zuteil. Dabei achtete sie darauf, ihre Liebhaber als »Spezls« zu bezeichnen, sehr im Unterschied zu ihrem Freund, mit welchem Wort sie eine festere Bindung signalisierte. Ihr Liebesleben stellt sich mir demnach so dar, daß sie mit mehreren »Spezls« schläft, während sie mit ihrem Freund zwar auch schläft, überdies jedoch noch mit ihm befreundet war.

Allerdings scheinen zwischen ihr und ihren »Spezls« oder zumindest einigen von ihnen doch noch weitere Beziehungen zu bestehen, denn heute stürzte unsere Walküre ganz zornig aus der Kabine und berichtete, einer ihrer »Spezls« habe sie kurz zuvor im Pornokino beim Strip gesehen und war davon so angetan, daß er sie hernach in die Solokabine bestellte, wo er fortwährend verlängerte.

Diese Verschwendung ärgerte sie maßlos. Das Geld der »Spezls« fließt ihr ja nicht allein zu, den Großteil muß sie an die Geschäftsinhaber abführen. Es wollte ihr nicht in den Kopf, daß ein Mann so blöd sein konnte, dem Chef was zu verdienen zu geben, statt sie privat zu treffen und dafür zu zahlen. Dabei wäre alles in ihre Tasche gewandert.

Sie moserte und schimpfte noch lange herum, nur verstand ich höchstens die Hälfte. Birgit sprach ein ausgeprägtes Bayerisch, für mich ein exotischer Dialekt. Außerdem stotterte sie, wenn sie sehr aufgebracht war. Statt das Tempo zu senken und langsam zu artikulieren, steigerte sie sich in immer höhere Geschwindigkeiten und verstärkte damit ihr Gestotter, weshalb ich ein paarmal nachfragen mußte, was denn gemeint sei.

Mein Nachhaken bracht Birgit auf die Palme. Kurze Zeit später hatte ich ein Solo, und wie ich so in der Kabine meinen Kunden betreue, höre ich Birgit plötzlich im breitesten Bayerisch sich bei mir nach etwas erkundigen. Zweifellos wollte sie dringend etwas von mir wissen. Bloß was? Mühsam reimte ich mir ihre Worte zusammen, die Frage lautete, ins Hochdeutsche übersetzt:

»Bist du mit dem Fahrrad da?«

Ich wunderte mich sehr.

Ohne mit meiner Solovorführung einzuhalten, wiederholte ich den Satz so, wie ich ihn verstanden zu haben meinte. Birgit warf mir einen überaus kritischen Seitenblick zu. Tatsächlich hatte sie nicht wissen wollen, ob ich mit dem Fahrrad da, sondern ob ich verheiratet sei.

Ich zeigte dem Kabinenkunden also weiter meine tiefsten Geheimnisse und umging eine aufrichtige Antwort auf Birgits Frage.

(Einschaltung einer Frage an den Kommissar: Ist das, was ich jetzt hier auf Band spreche, besser als mein erster Bericht? Ich will mir ja Mühe geben, mitzuteilen, was sich hier so tut, doch fällt es mir nach der Schicht sehr schwer, die Spreu vom Weizen zu sondern. Vielleicht ist auch alles Spreu – na, hör weiter zu, lieber Jandell)

Wenn sich mit Birgit sprachliche Mißverständnisse ergeben, möchte ich manchmal laut loslachen, doch hüte ich mich vor solchen spontanen und unüberlegten Reaktionen, unsere Walküre ist verdammt empfindlich. Was sie betrifft, darf man keinsfalls komisch finden, sie fürchtet sich direkt davor, jemand könne sich über sie lustig machen. Ihre starke, naive Natur, die ihre Handlungen und Haltungen bestimmt, ist nur Fassade, dahinter steckt eine Mimose. Sie ist sehr leicht aus der Fassung zu bringen, was auf gewaltige Minderwertigkeitskomplexe schließen läßt.

Darüber allerdings kann man mit ihr nicht reden. Birgit lebt auf ihre entschiedene, in aller Einfalt manchmal listige Weise, doch mag sie nicht darüber nachdenken oder mit anderen davon sprechen. Sie ist die vollendete Nackt-Darstellerin, viel Fleisch und Haut, und was sonst noch geschieht, wird verborgen.

Viele wollen wissen, ob man verheiratet sei. Es scheint wichtig zu sein, ob man es mit einer ledigen oder nicht ledigen Kollegin zu tun hat. Wobei jede Antwort, bejahend oder verneinend, mit befriedigtem Interesse aufgenommen wird. Der Familienstand ist offensichtlich Thema Nr. 1, eine stets neu zu diskutierende Statusfrage.

Mit meinen Kolleginnen verstehe ich mich recht gut, vor allen Dingen deshalb, weil ich die Neue nicht nur bin, sondern auch dadurch bleibe, daß ich die vorhandene Rangordnung anerkenne und nicht etwa durch eigene Ansprüche verändern will. Die Mädchen reagieren befriedigt, wenn ich bei ihnen Rat suche und dadurch ihre Autorität immer wieder herausstreiche. Sie hatten an mir auszusetzen, daß ich zu ruhig wirkte und manchmal beinahe mürrisch. Tatsächlich sind das zwei Seiten meiner vielen Schwächen, die ich hier im Hause allerdings bewußt noch übertreibe. Ich gebe dadurch meinen neuen Kolleginnen die Möglichkeit, etwas Fehlerhaftes an mir zu registrieren, und indem sie das tun, lassen sie ihre Aggressionen abfahren, doch geschieht dies alles mehr nebenbei, es erwachsen keine größeren Konflikte daraus.

Ich lebe wie unter einer schützenden Glasglocke und kann ungefährdet und unbehindert meine Beobachtungen anstellen. Allerdings empfinde ich die Situation in diesem Haus der verkauften Nacktheit manchmal als derart trist und bedrükkend, daß meine mürrische Haltung fast in Wut umzuschlagen droht. Dann muß ich mich mit aller Gewalt zur Ordnung rufen. In einem solchen Zustand fällt es schwer, auf die Scheibe zu gehen und den Kunden dadurch zu gefallen, daß ihnen die Fleischstücke vorgehalten werden, die so etwas wie Lust assoziieren sollen.

Ich übe mich insgeheim darin, eine seelische Ritterrüstung anzufertigen und mich darinnen zu verbergen.

Was die Arbeit angeht, so schaffe ich sie ganz gut. Natürlich kommen noch kleine Patzer vor, ich verpasse mal einen Auftritt oder eine Schaltung, und dann entschuldige ich mich deutlich erschreckt. Überdies bemühe ich mich eisern, was nun wirklich nicht zu übersehen ist und von meinen Kolleginnen mit gutmütiger Nachsicht honoriert wird. Sie sehen in mir keine wirklich gefährliche Kokurrentin. Ich mache nicht den Eindruck, zur ganz großen Form aufzulaufen, was Neidgefühle weckte. Auch habe ich verraten, daß ich einen Beruf erlernt habe, und wenn sie nachfragen, sage ich einfach: Krankenschwester.

Erstaunt erkundigen sie sich dann, weshalb ich nicht als Krankenschwester arbeitete, und ich antwortete, das Geld reichte mir nicht.

Sowas verstehen sie sofort. Bei ihnen allen reicht das Geld nicht.

Thea schaltete den Kassettenrekorder aus und ließ sich durch den Kopf gehen, was sie in ihrem Bericht für Jandell eben darauf gesprochen hatte. Wieso war ihr bei der Frage nach dem erlernten Beruf ausgerechnet die Antwort »Krankenschwester« auf die Zunge gekommen?

Häufig steckt hinter solchen ganz spontanen, unbewußten Auskünften ein unbewußter Wunsch, der sich auf diese Weise Ausdruck verschafft. In ihrem Fall war das aber ganz und gar unzutreffend, sie hatte das ihr völlig Fremde und weit Abliegende formuliert.

Ihr Mann, der Doktor Mattias Brock allerdings, hätte beim Hören dieser unbedachten Antwort vor Freude einen Luftsprung gemacht. Wie hatte er sich am Anfang ihrer Ehe bemüht, Theas Interesse für seine Arbeit zu wecken. Komm doch wenigstens mal mit und sieh dir den Betrieb in der Praxis an, den Umgang mit Menschen bist du gewöhnt, ich hätte dich so gern in meiner Nähe! Seine immer wieder vorgebrachten Einladungen waren von Thea nicht beachtet worden, sie hatte sich nicht die Mühe gemacht, ihre Weigerung zu erklären. Natürlich war sein Eindruck ganz richtig, daß ihr vorheriger kommunikativer Beruf eine gute Basis für eine Beschäftigung in seiner überlaufenen Praxis wäre. Sie hatte immer

Leute um sich gehabt, Kollegen und Kolleginnen und die reiche Schar der kleinen und großen Täter, dazu deren Opfer. Beide Gruppen waren Thea nie langweilig geworden, sie mochte Menschen, die Geschädigten mehr als die Ganoven, doch da hatte es auch Grenzfälle gegeben, selbst schuldlos schuldig Gewordene traf man gar nicht so selten. Nach ihrer Heirat kappte Thea fast alle Verbindungen zur Außenwelt und konzentrierte sich auf Mattias und das Haus. In den ersten Jahren schien ihr das eine durchaus hinreichende Beschäftigung. Sie liebte ihren Mann, bloß mit seiner Arbeit wollte sie nichts zu tun haben. War es ihr zuwider, dort in der Praxis als eine der zahlreichen Hilfskräfte eine sicher nützliche, aber untergeordnete Tätigkeit auszuüben? Er als der allseits angehimmelte »Herr Doktor« und sie nichts als die »Frau vom Doktor«?

Minderwertigkeitskomplexe waren Thea ihr ganzes Leben lang ein Fremdwort gewesen, sollte sie sich jetzt freiwillig, gar mutwillig in eine Lage bringen, wo sie ganz zwangsläufig Komplexe entwickeln mußte? Madame Brock wollte nicht die Nummer 2 sein, und weil Mattias ihr in seinem Bereich unaufholbar voraus war, lehnte sie es strikt ab, die Praxis auch nur zu betreten. Schließlich bat Brock sie auch nicht mehr darum. In allem übrigen verstanden sie sich glänzend – na, Thea stand auf, ging in die Küche und holter sich eine Flasche Chablis aus dem Kühlschrank.

Sie war eigentlich nicht der Typ der einsamen Säuferin, aber in den vielen Wartezeiten der Peep-Show tat ein Glas Sekt oder trockener Weißwein ebenso gut wie jetzt, wo sie durch einen ziemlich albernen Zufall damit begonnen hatte, ihr Verhältnis zu Mattias zu überdenken. Ihr Mann und sie hatten sich einmal glänzend verstanden, das war vorbei, und es lag nicht nur an dem sonderbaren Auftrag, den sie von Kommissar Jandell übernommen hatte. Nach dessen Besuch war sie Mattias gegenüber ganz offen gewesen. Der Vorschlag, von Jandell an sie herangetragen, war dermaßen wahnwitzig, daß sie Beschönigungen gar nicht erst erwog. So unverblümt, wie ihr alter Kommissar das Projekt vorgebracht hatte, unterbreitete Thea es ihrem Mann. Der reagierte zunächst überhaupt nicht, ging ins Bad und wusch sich ausführlich die Hände, wie er es immer bei seiner Heimkehr aus der Praxis hielt. Das war schon ein Ritus, wenn er das Haus betrat, ebenso wie das Glas frisch gepreßten Grapefruitsaftes, das sie ihm hinstellte. Er trank ihn langsam, auch das gehörte zum abendlichen Ritual, bloß seine Frage fiel aus der üblichen Heimkehr-Zeremonie heraus: »Was hab' ich dir getan, daß du mich derartig brüskierst?«

Im diesem Moment hatte Thea das deutliche Empfinden, daß sie schon viel zu lange und zu intensiv verheiratet war. Es ergab sich aus dem von Mattias gesetzten Bezugspunkt. Sie sollte eine, zugegeben, zwiespältige Aufgabe übernehmen, darauf ging ihr Mann jedoch überhaupt nicht ein. Was ihn einzig tangierte, war der ihm dabei zugewiesene Part. Besonders verblüffte sie die ihr unterstellte Strafabsicht. Nichts hatte ihr ferner gelegen, und die Egozentrik seines Einwands ließ sie erst jetzt ernsthaft erwägen, Jandells Vorschlag zu akzeptieren. Sie hatte die verrückte Geschichte gemeinsam mit Mattias besprechen und dann vermutlich von sich weisen wollen, aber seine Reaktion schnitt ihr den Rückzug ab.

Plötzlich wurde ihr bewußt, wie häufig ihre Gespräche in den letzten Jahren nach diesem Schema verlaufen waren. Thea brachte etwas vor, das sie betraf, und seine Erwiderung bezog sich einzig und allein auf die ihm zufallende Rolle. Selbst bei unwichtigen Anlässen setzte sich das von ihm bestimmte Ordnungsprinzip durch. Das war ihr bisher nur nicht aufgefallen, weil ihr an seinem Für oder Wider nicht besonders gelegen war. Nun aber fühlte sie sich in einem Gebiet bevormundet, das ihren Beruf betraf, egal, ob sie vor Jandells Besuch ernsthaft an eine wie immer geartete Wiederaufnahme früherer Betätigungen auch nur gedacht hatte – nun war es wesentlich für sie, eine Entscheidung zu fällen, die ganz allein ihre Entscheidung war.

»Mein Entschluß steht fest«, sagte Thea und wußte genau, noch zehn Minuten zuvor war ihr ein Einverständnis mit dem Plan des Kommissars so unvorstellbar wie eine Blitzreise zum Nordpol vorgekommen.

Nordpol oder Peepshow, sie würde jedenfalls verwirklichen, wozu Mattias durch seinen Egoismus sie verleitet hatte, und wenn sie einmal trotzte, dann richtig. Von nun an war an ihrem Ja für Jandell nicht mehr zu rütteln.

Es gab keinen Zank im Hause Brock, nicht an diesem Abend und an keinem der folgenden Tage. Sie redeten nur das Notwendigste miteinander. Mattias hatte erkannt, daß es sinnlos war, sie umstimmen zu wollen, es hatte keinerlei Aussprache zwischen ihnen gegeben, und es war nur konsequent, daß Thea sich zwei Wochen später ein Appartement in der Stadt nahm. An das Haus dachte sie wenig, wenig auch an Mattias, und wäre ihr nicht der kuriose Ausrutscher mit der gelernten Krankenschwester passiert, hätte sie alles, was ihr Eheleben betraf, auch weiter beiseitegelassen.

Morgen abend werde ich daheim anrufen, nahm sich Thea vor, und dann schaltete sie den Kassettenrecorder ein und setzte ihren Bericht für den Kommissar fort:

Es gibt für die Peeperin keine plausiblere Auskunft als die, daß man Geld braucht. Fast alle haben Schulden, und je mehr Mäuse sie machen, desto mehr verschulden sie sich. Ihre Einnahmen und Ausgaben kommen nicht ins Gleichgewicht, kaum ist der eine Kredit abgetragen, nehmen sie für die noch größere Anschaffung den nächsten auf, und nun sind für längere Zeit wieder Schulden zu tilgen.

Die Mädchen aus meiner Schicht haben vorher alle im Büro gearbeitet.

Lea ist die typische Peeperin. Momentan gehört sie zu den »Springern«, das heißt, sie springt ein, wenn eine der Kolleginnen ausfällt, etwa wegen Krankheit.

Die Mädchen sind oft krank, doch hüten sie sich davor, daheim zu bleiben. Lieber treten sie erkältet, hustend und fiebernd zum Dienst an, als daß sie im Bett blieben und sich richtig auskurierten. Den Job zu behalten und Geld zu verdienen, geht über die Gesundheit.

Lea ist Sekretärin und peept nebenbei. Nächsten Monat

will sie ihre Stellung aufgeben und als hauptberufliches Peepshowgirl auf die Reise durch das Karussell der Städte gehen.

Lea hat ein Kind und lebt in Scheidung. Vom jetzigen Team ist sie, mit ihren dreißig Jahren, die Älteste. Trotz ihrer aufmotzenden, gesträhnten Lockenperücke wirkt sie eher wie eine biedere Hausfrau.

Ich betrachte unser Team nachdenklich und stelle fest, besonders attraktiv ist keins der Mädchen. Die meisten haben Hängebusen, Übergewicht und schlaffe Körper. Keine rasiert sich Bein- oder Achselhaare. Aber das scheint den Kunden nicht wichtig zu sein. Vielleicht wollen sie das Übliche, das ganz Normale, also genau das, was sie daheim auch haben können.

Über die Zusammensetzung des Publikums bin ich erstaunt. Anfangs dachte ich, da gehen jene Leute hin, die sonst sexuell zu kurz kommen. Doch der Durchschnitt besteht aus brav und korrekt angezogenen Männern zwischen 30 und 40, einige, vor allem die älteren Herren, sind ausgesprochen elegant gekleidet. Ich nehme an, es handelt sich häufig um Reisende aus den Intercity-Zügen, die sich einen Zwischenaufenthalt in angenehmer Weise verkürzen wollen und vom nahegelegenen Hauptbahnhof mal kurz zu uns herüberhuschen.

Allerdings sieht man auch reichlich viele junge Typen, die Anzahl der Ausländer ist dagegen niedriger, als ich glaubte.

Ein recht großer Teil der Besucher besteht aus Stammkunden. Das ist der Grund, weshalb die Peeperinnen von Monat zu Monat wechseln. Besonders die Soloauftritte gehen stark zurück, wenn keine Neuen geboten werden. Offenbar stellt sich nach einer gewissen Anzahl von Soloauftritten beim Kunden eine abschlaffende Gewöhnung ein. Rasch reagiert er mißmutig, durch Zahlungsverweigerung, bleibt einfach weg.

Der Besucher benötigt den Reiz des Neuen, die Energiezufuhr durch den Wechsel. Die Ehefrau oder Freundin sind ihm schon mehr als genug stabile Faktoren in seinem Leben. Die Peep-Show spiegelt ihm jene Abenteuer vor, die er gern erleben würde. Beim Anblick des entblößten Fleisches meint er das zu genießen, was er nicht genießt.

In diesem Sinne ist die Peep-Show eine geradezu moralische Anstalt, ein Sünden-Surrogat, wobei die Sünde durch ihre bloße Vorstellung ersetzt wird.

Die Peep-Show ist der aufs Eindimensionale heruntergekommene Puff, in dem der Geschlechtsverkehr nicht mehr stattfindet. Er wird kurzerhand eingespart.

Wir bieten die sauberste Trennung dar. So wie das nackte Mädchen und sein Kunde durch eine Glasscheibe getrennt beieinander sitzen und er nicht zu ihr kann, auch wenn er wollte, so will er wohl bald gar nicht mehr, und sie wünscht es ganz sicher nicht.

Wenn sie es wollte, ginge sie auf die Straße oder ins Bordell, wo sie Münze machen könnte. Allerdings müßte sie dort wirklich tun, was sie hier nur andeutend spielt und vorspiegelt. Meine Kolleginnen ziehen die Distanz vor. Es sind optische Nutten, nicht wirkliche und tatsächlich-physische. Ihr Gebiet ist die psychische Prostitution, was sie allerdings nicht einsehen wollen und weit von sich weisen. Ihrem Selbstverständnis nach sind Peeperinnen keine Huren, sondern Künstlerinnen der Vorspiegelung von Genüssen.

Peep-Girls sind Meisterinnen der Verweigerung. So sehen sie es selbst. Sie geben sich, indem sie sich nicht geben.

Insgeheim fühlt die Peeperin sich als gehobener Stand, und weit unter ihr steht die Prostituierte, diese dumme Proletarierin unter den Frauen, die so blöd ist, sich mit ihrem Körper wirklich anzubieten und wirklich zu verkaufen, statt wie die Peeperin nur den Schein der Hurerei zu geben.

Warum zahlt der Kunde? Und wofür?

Die Kundschaft besteht fast ausschließlich aus Männern. Einige wenige besuchen uns aus Neugierde. Du erkennst sie daran, daß sie dir dabei meist ins Gesicht starren, ganz so, als ob sie dort eine Reaktion von dir erwarten.

Das Mädchen mag es nicht, wenn der Kunde ihm ins Gesicht blickt. Es mag es zwar auch nicht, wenn der Kunde ihm nur aufs Geschlecht starrt. Doch entspricht das immerhin noch dem Sinn und Zweck der Vorführung.

Also findet die Frau sich damit ab. Der starre, beobachtende Blick in ihr Gesicht ist dagegen schwer zu ertragen. Er kann das Verlangen nach Konversation ausdrücken. Die verweigert wird. Jedenfalls meist. Der Kunde zahlt dafür, daß er etwas ansehen darf. Fürs Insgesichtsehen zahlt er nicht. Er kann durch die Straßen der Stadt schlendern und Tausenden von Frauen ins Gesicht blicken. Wenn er aber einer Peeperin zu auffällig ins Gesicht starrt, läßt er damit die entwürdigende Situation, die getarnt und verdrängt werden soll, stärker hervortreten, womit er das Mädchen beleidigt.

Die Peeperin sucht sich dadurch zu retten, daß sie den Kunden als Unperson betrachtet. Und sie verachtet ihn, den Zahlgast, der sein Geld für nichts rauswirft.

Warten auf die dritte Leiche

Bei einem ihrer Treffs im Eissalon Capri höhnte Mani dem ihrer bisherigen Erfolglosigkeit wegen reichlich verknurrten Jandell gegenüber, es sei kein Wunder, daß sie nicht weiterkämen, wenn der Kommissar seiner eingeschmuggelten Agentin Thea nichts anderes als literarische Trockenübungen abverlange.

»Ich gebe ja zu, die Kassetten Theas enthalten genug Material für einen abschreckenden Report übers Peep-Show-Leben. Schicken Sie die Kassetten an Rowohlt oder Fischer, und die machen einen erfolgreichen kritischen Zeitbericht daraus. Die Last mit der Lust. Das Elend der bezahlten Nacktheit. Das Mädchen hat's zwar nicht nötig, bei seinem reichen Ehegatten, könnte aber ganz schön Auflage machen.«

»Mit andern Worten, Sie bezweifeln die Nützlichkeit von Theas Berichten?«

»Sie etwa nicht?«

»Ich bin mir nicht sicher.«

»Nicht sicher ist zu wenig, um die Dummheiten fortzusetzen, Kommissar.«

»Erstens kann es durchaus sein, daß wir daraus was Wichtiges erfahren. Immerhin lernen wir diese Frauen kennen.«

»Und zweitens?«

»Ich bin angewiesen, so zu verfahren.«

»Von wem?«

»Von höheren Instanzen.«

»Die uns mit einem Herrn Neumeier ins Handwerk pfuschen? Dieser Kurze vom Bahnsteig?«

»Mani, Ihre Respektlosigkeit ist unangebracht.«

»Wie Ihre Folgsamheit fremden Diensten gegenüber.«

»Sie vergessen, ich bin Polizeibeamter.«

»Immer noch. Ja. Ein Kulturkuriosum.«

»Gerade weil man nur darauf lauert, daß ich mir was zuschulden kommen lasse, lege ich Wert auf Korrektheit.«

»Und was sollen wir aus den Schilderungen Ihrer Thea eigentlich erfahren, außer daß wir uns in den verklemmten Seelen von Entkleidungskünstlerinnen auskennen?«

»Man vermutet seit längerer Zeit feministische Anschläge, Mani.«

»Wer vermutet das?«

»Die Dienste haben ihre eigenen Beobachtungsposten im Körper des Volkes.«

»Und warum kümmern sie sich dann nicht selber um das, was hier vorgeht?«

»Es gibt Modalitäten der Zusammenarbeit.«

»Und die glauben tatsächlich, daß hier in der Show was passieren wird?«

»Es ist schon was passiert.«

»Die beiden Toten sollen von feministischen Aktivistinnen serviert worden sein?«

»Auszuschließen wäre es nicht, Mani.«

»Heißt das, man nimmt an, unter den Peeperinnen befänden sich –«

»Ja. Mörderinnen aus feministischem Fanatismus.«

»Also liefern die Schilderungen Theas Ihnen Material für die Überprüfungen der Damen?«

»Ich habe die Damen alle überprüft.«

»Mit Null-Ergebnis?«

»Fehlanzeige. Bis jetzt.«

»Aber es wird weitergeprüft?«

»Ja.«

»Wissen Sie was? Ich kenne die Mädchen ja auch ein wenig. Das sind nichts als arme Häschen, die sich eine billige Mark ergattern wollen. Und Sie, Jandell, sind viel zu erfahren und ausgekocht, um es anders zu sehen. Jede Kassette, die Thea abliefert, bringt neue Beweise für die Null-Ebene der Damen. Wenn sich darunter ideologischer Fanatismus verbirgt, fresse ich einen Besen.«

»Sie sind ein Schreiberling, Lubitsch, zu Ihrer Natur gehört die Ungeduld genauso wie die schnelle, flotte Ungenauigkeit. Bei uns aber im Präsidium mahlen die Mühlen der Gerechtigkeit, und die mahlen bekanntlich langsam. Wir haben einen langen Atem.«

»Und ich darf derweilen Sperma wischen.«

»Sie können jederzeit aussteigen, Mani.«

»Ich denke nicht daran, nachdem ich mich so tief ins Gangstertum reingebohrt habe. Ich weiß, wir werden den Fall des Jahrhunderts bekommen. Und ihn lösen.«

»Darauf eine Limonade!« sagte der Kommissar.

Aus irgendeinem Grunde bestellten die beiden Bierliebhaber hier im Eissalon, so es kein Bier gab, Limonade, wenn sie kein Eis löffelten. Manchmal war ihnen einfach nicht nach Eis zumute. Jandell suchte danach schnellstens ein Lokal auf, in dem Bier gezapft wurde. Oder er fuhr in seine Wohnung nach Sachsenhausen und bediente sich aus dem Kühlschrank. Er brauchte, um leben zu können, den herben Geschmack von Bier in der Kehle. Oder von Kaffee. Oft trank er beides hintereinander. Das Bier brachte ihn in Form. Nach mehreren Bieren neigte er zur Trägheit. Dann motzte er sich mit Kaffee erneut soweit auf, daß der Durst auf Bier anstieg.

Er trank, ohne betrunken zu werden. Es sei denn, an bestimmten schönen, traurigen Abenden, wenn er sich ganz und gar vollaufen ließ und danach befriedigt ins Bett sank, satt und angefüllt bis zum Rande, im erklärten Friedenszustand mit aller Welt.

Bis zum nächsten Morgen, wenn der Wecker einen neuen Arbeitstag einrasselte.

An die Arbeit, Mann, die Pflicht ruft.

Lubitsch wußte, was der Kommissar von den akribischen Schilderungen seiner Agentin erwartete. Sie hatten schon öfter auf diese Weise zusammengearbeitet. Jandell galt als Meister der Schleppnetz-Methode, wie es im Polizeijargon hieß: So viele Informationen einholen, wie erlangbar waren, der Nutzen ergab sich aus der Quersumme der großen Zahl.

Allerdings fühlte Mani sich in seinem seltsamen Job nicht besonders wohl. Nachdem die sensationelle Kraft des Neuen nachgelassen hatte, verrichtete er seine Dienste mit Murren. Ihm war langweilig zumute. Entweder muß dieser Fall durch ein Wunder aufgeklärt werden oder wir benötigen eine dritte Leiche – mit solchen lästerlichen Gedanken im Kopf ging er seiner Arbeit nach, ein getarnter Mani Lubitsch, der jeden Morgen seine Last hatte mit der Rasur.

Sein starker Bartwuchs überzog das Gesicht in wenigen Stunden mit deutlich sichtbaren schwarzen Stoppeln, die ganz und gar nicht zu dem blonden Struppi passen wollten. Ich kann mir doch nicht noch die Barthaare blond färben, dachte Mani verdrießlich und wünschte nichts sehnlicher als die nächste, die dritte Leiche herbei.

Denn um ein Verbrechen wirklich aufzuklären, muß man es manchmal erst reifen und wachsen lassen, bis es die Dimensionen des Unübersehbaren erreicht hat.

Theas 3. Bericht

Die Peeperin erkennt ihre Kunden schon deshalb auf der Straße nicht wieder, weil sie von der Scheibe her die Kundengesichter zwar sehen kann, aber nicht wahrnimmt.

Auch beim Soloauftritt in der Kabine sieht das Mädchen durch den Kunden mehr hindurch, als daß es ihn wirklich ansieht.

Ein Großteil, wenn nicht der größte Teil der Kunden masturbiert während der Peep-Show. Es gibt welche, die dir dabei unausgesetzt zwischen die Beine starren und sich ständig die Lippen lecken.

Andere studieren deinen Körper. Einige wenige versuchen sich darin, eine Kommunikation herzustellen.

Manche benehmen sich insoweit rücksichtsvoll, daß sie sich leicht zur Seite abwenden oder mit dem Stuhl soweit wie möglich nach hinten rücken, so daß man nichts oder nur wenig erkennen kann.

Ich habe einen Stammkunden in der Kabine, einen älteren Herrn, der großzügig Trinkgelder austeilt, auch bei warmer Witterung mit Mantel erscheint und ihn über seinem Unterkörper ausbreitet. Sein Zartgefühl fand ich sympathisch, bis ich auf den Gedanken kam, daß auch er nur mimte – wie ich auf der Scheibe.

Ich verachtete ihn ein bißchen, aber dann folgte eine Anwandlung von Mitleid. Wieviel Mühe gibt sich der alte Herr doch, denjenigen etwas vorzutäuschen, denen gewiß wenig daran liegt, ob der Besucher noch potent ist oder nicht.

Hauptsache, er zahlt.

Am unbeliebtesten sind bei uns die ganz Eiligen. Sie stürzen mit hechelndem Atem in die Kabine und reißen sich die Hose vom Leib. Erst danach werfen sie Geld ein, damit sparen sie kostbare Sekunden, für die sie nicht zahlen.

In ihrer Hast vergessen sie oft, hinter sich die Tür abzuschließen. So dringen neue Besucher von draußen herein und alles gerät durcheinander.

Andere kommen in ihrer Geilheit nicht mit der Anlage zurecht, dann muß Mani in die Kabine gehen und es erklären.

Die Kunden stehen halbentkleidet da und hören unwillig zu.

Immer wieder erkundigen sich Besucher, nachdem sie eine Weile zugeschaut haben, ob sie sich hier auch befriedigen dürften.

Oder sie machen hilflose Frage-Gesten, was angesichts des auf dem Boden bereit stehenden und mit benutzten Tempotaschentüchern angefüllten Plastikeimers lächerlich bis rührend wirken kann.

Offenbar nehmen diese zweifelnden Kunden sogar den starken, eindeutigen Geruch nicht wahr.

Die offenkundige Unfähigkeit der Nasen verwundert mich am meisten. Möglicherweise ist die Verkümmerung des Geruchssinns weiter fortgeschritten, als man glaubt.

Der Samen-Gestank füllt derart beißend die Luft in Gängen und Kabinen, daß er uns allen die Tränen in die Augen treibt.

Lea, die gelassenste unserer Gruppe, sah mir an, wie angestrengt ich war, als ich nach den ersten Solos aus der Kabine trat.

»Am ersten Tag ist jede ziemlich schockiert«, sagte sie, »doch man gewöhnt sich schnell daran, und dann macht es dir gar nichts mehr aus.«

Keines der Mädchen versteht, was die Männer daran finden können. Wie eine so offensichtlich unbefriedigende Situation Befriedigung zu verschaffen vermag, ist uns allen ein Rätsel.

Alle meine Kolleginnen halten das glatt für pervers. Doch wenn wir uns wieder einmal soweit verständigt und geeinigt haben, fügt eine umgehend hinzu:

»Trotzdem müssen wir froh sein, daß es solche Männer und so viele davon gibt, denn schließlich leben wir ja von ihnen.«

Babsi, eine allseits anerkannte Spezialistin in Peep-Show-Fragen, berichtet von den Einrichtungen in den USA, wo das Geschäft schon viel weiter vorangetrieben worden sei. Wir erfahren von ihr, in Amerika sind die Guck-Kabinen um einen großen, U-Boot-ähnlichen Raum angeordnet, in dem sich die gesamte Schicht befindet. Dieser Raum liegt gegenüber den Guck-Luken erhöht, so daß der Blick der Männer direkt auf die weiblichen Unterkörper fällt.

Die Frauen laufen umher und zeigen vor, was sie haben. An den Gucklöchern bleiben sie kurz anreißerisch stehen. Der Kunde kann in einen gesonderten Münzen-Schlitz Trinkgelder einwerfen und erkauft sich damit eine Sondervorführung.

Das Mädchen hält sich mit den Händen an zwei dafür angebrachten Griffen fest und preßt sich mit gespreizten Schenkeln gegen das Gucklock, was dem Gast einen vollen, ungehinderten Blick zwischen ihre Beine gewährt.

So haben die Amerikaner das Geschäft rationalisiert und reduziert. Die Frau ist auf das für die Kunden wirklich Wichtige eingeschrumpft. Der Besucher zahlt und bekommt das kleine Stück, nach dem er verlangt, zum Ansehen dargeboten.

Lea, nachdem sie Babsis Erzählungen aus der Neuen Welt gelauscht hat, wirft plötzlich ein:

»Da müßte mal der Wallraff hin und darüber berichten!«

Ich wundere mich, daß Lea diesen Autor kennt. Die anderen Mädchen erkundigen sich, wer das sei. Lea erklärt bereitwillig.

Birgit wiederholt: »Also der Wallraff, das ist einer, der sich heimlich einschleicht und dann darüber berichtet.«

Birgit dreht sich zu mir hin und fragt scharf:

»Bist du etwa auch so ein Wallraff?«

Ich zucke zusammen, versuche aber zugleich mein Erschrecken zu verbergen.

»Wallraff ist ein Mann«, antworte ich. Und füge schnell hinzu, indem ich lächelnd meine Beine auseinandernehme: »Sehe ich vielleicht aus wie ein Mann?«

»Vielleicht bist du ein Wallraff mit Schlitz?« bohrt Birgit weiter.

Über diese kluge Frechheit muß unsere Walküre selbst staunen, toll, was ihr da geglückt ist. Gleich hebt sich ihre Stimmung, und sie klopft mir friedfertig und begütigend auf den Bauch:

»Ist schon recht, war nur ein kleiner Witz!«

Das Unheil scheint nochmal abgebogen.

Ich atme auf und bemühe mich, mein Aufatmen zu verbergen.

Birgits plötzlicher Verdacht, ob ich mich heimlich bei ihnen eingeschlichen hätte und sie ausspähe, kam für mich sehr überraschend. Die kleine Szene hat mich ganz schön mitgenommen.

Ich bin kein Wallraff, und doch täusche ich den Mädchen etwas vor. Sie ahnen etwas, trotz aller meine Anstrengungen, mich nicht im geringsten von ihnen zu unterscheiden. Ich bin mir keines Fehlers, nicht mal eines Versehens bewußt. Aber gerade die eher harmlose und naive Birgit witterte plötzlich, mit mir könne was nicht stimmen. Ist sie nur rausgeplatzt mit einem Verdacht, den die übrigen schon länger hegen?

Mani provoziert

Birgits Wallraff-Verdacht alarmierte den Kommissar. Er ließ Birgit, die in Wirklichkeit Erika Lohse hieß, mit einem Elektroinstallateuer verheiratet war und drei Kinder hatte, erneut unter die Lupe nehmen. Allein, es ergab sich nicht der Schatten eines Verdachts. Ein Leben so normal wie der Apfel am Baum. Keine Berührung mit politischen Bewegungen. Keinerlei Kontakt mit Feministinnen.

»Die Dame kam aus purem Zufall auf Wallraff«, meinte Lubitsch, dem der Kommissar leid tat.

Jandell starrte trübsinnig vor sich hin.

Sie trafen sich jetzt jeden Tag vor Lubitschs Dienstantritt im Eissalon Capri in der Kaiserstraße und tauschten Erfahrungen aus. Mani übernahm die neueste Thea-Kassette, die er sich am Vormittag darauf daheim anhörte.

»Oder reicht etwa der Umstand, daß so ein Ausziehmädchen den Namen Wallraff nennt, sie als verdächtig einzustufen?«

Das sollte ein Witz sein.

Jandells Blick signalisierte, daß es kein Witz war.

Mani warf ein blitzendes Fünfmarkstück auf den runden Marmortisch und erhob sich.

»Ich muß gehen.«

Als er zwei Stunden hinter sich gebracht hatte, war er so sauer, daß er beschloß, den Stier bei den Hörnern zu packen.

Er ging hinter Jeffs Theke und nahm den Hörer ab.

»Ich muß Sie sprechen. Sofort!«

Ohne die Antwort abzuwarten, legte er auf. Jeff betrachtete mißtrauisch seinen Abgang. Lubitsch verließ das Gebäude über die Marmortreppe. Trat auf die Straße, ging nach rechts in die Nebenstraße und durch die Einfahrt in den ersten Innenhof, von wo er zum zweiten Hof durchmarschierte. Hier befand sich eine stets abgeschlossene Stahltür. Mani zog einen Nachschlüssel aus der Hosentasche, schloß auf, trat ein, schloß hinter sich zu und stand vor dem Lift, der direkt ins Penthouse führte.

Als er oben aus dem Lift trat, stand er in einem teakholzvertäfelten Vestibül. Kurt, der schmallippige Privatbulle, nahm ihn in Empfang.

»Pfoten weg!« sagte Mani, als Kurt ihn abtasten wollte.

»Laß ihn«, sagte der Mann im blauseidenen Anzug, der durch eine lautlos sich öffnende Schiebetür in den Raum trat, »der Mann arbeitet für den Staat. Er darf Waffen tragen.«

»Ich bin waffenlos, Chef.« Lubitsch ging um Kurt herum und an dem Seidenliebhaber Leukert vorbei in die Wohnhalle, deren Elfenbeinwahnsinn ihm schon beim ersten Besuch ins Auge gestochen hatte. Leukert wohnte nicht hier, er residierte. Leukert folgte Lubitsch, die Schiebetür schloß sich hinter ihnen mit lautloser Automatik.

Lubitsch ließ sich in den Sessel fallen. Das erste Mal

hatte er keinen Platz angeboten bekommen. Das zweite Mal nahm er sich seinen Platz.

Leukert, ein wenig verunsichert, setzte sich ebenfalls.

»Besonders höflich benehmen Sie sich nicht, obwohl Sie zu meinen Angestellten gehören, Herr Lubitsch.«

»Wo Sie recht haben, hat der Teufel seine Unschuld verloren«, versetzt Mani sybillinisch.

Leukert riß die Augen auf und blickte den Eindringling geduldig an.

Sammeln, dachte Mani, den Speichel im Munde sammeln und eine ganze Ladung auf einmal ausspucken. Sanft wie ein Sofakissen legte er los: »Kommissar Jandell erhofft sich durch die Peepmädchen Aufklärung, im Gegensatz zu mir, der ich davon nichts erwarte. Ich denke, man muß bei Ihnen anfangen, dem Boss der Entblößungsbetriebe. Anfangs hatte ich Sie selbst im Verdacht, und Ihre Methoden sind ja nicht immer die besten. Aber weshalb sollten Sie sich selber Schwierigkeiten bereiten? So dumm schätze ich Sie nicht ein. Also verschaffte ich mir einen kleinen Überblick über Ihre Geschäfte und Ihren Werdegang. Sie fingen vor einem Vierteljahrhundert an mit einer kleinen linken Studentenzeitung. Anfangs versuchten Sie es mit seriöser Literatur, dann erkannten Sie den Trend der Zeit und kauften sich jede Menge alter und junger Intellektueller ein. Kritik an Gesellschaft, Staat und Parteien war gefragt. Doch gegen die mächtigen Magazine wie ›Spiegel‹ und ›Stern‹ kamen Sie nicht an, nun mischten Sie Kritik, Politik, Erotik und nackte Mädchen, das Erfolgsrezept machte Sie groß. Zwar blieben Sie stets im Schatten der

Magazine, doch Ihr Blatt schaffte an. Ich weiß nicht, was Sie dazu führte, aus der Zeitschriftenbranche auszusteigen, ganz stiegen Sie ja auch nicht aus, ich stieß auf den für Sie so schönen Umstand, daß Sie an einer ganzen Reihe von Publikationen noch immer beteiligt sind, nein, daß Sie sich daran beteiligen, wo es sich nur einfädeln läßt. Aber Ihr erfolgreiches Blatt, der ›Komet‹, besteht längst nicht mehr. Ich dachte lange darüber nach, ob Sie damit geschäftlich scheiterten oder ob andere Gründe maßgebend waren. Mag sein, Sie verloren die Lust an Politik und Kritik, doch dann frage ich mich eben, weshalb Sie die Lust daran verloren. Und wissen Sie, worauf ich kam? Auf Rimbaud, ja, Sie haben richtig gehört: Arthur Rimbaud. Der geniale Dichter schleuderte seine Lyrik im jugendlichen Alter heraus, und in einem Alter, wo andere Abitur machen, war er ausgebrannt. Schluß mit der Dichtung, Ende mit dem Genie. Der Knabe sauste nach Afrika, beteiligte sich an allerhand undurchsichtigen, schrägen Geschäften und vielleicht sogar an Menschenhandel. Es ist die Rimbaudsche Wendung, die ich bei Ihnen sehe, Herr Leukert, und mit deren Hilfe läßt sich Ihr Charakterbild entschlüsseln.«

»Ich verbrach als Jugendlicher zwar, wie jeder zweite Schüler, ein paar Gedichte, doch als Genie wie Rimbaud würde ich mich nie fühlen.«

»Ich vergleiche Sie nicht mit dem Genie, ich behaupte lediglich, irgendwann in den zurückliegenden Jahren fand bei Ihnen der charakterliche Salto mortale statt. Aus Paulus wurde Saulus. Seitdem betreiben Sie Ihre

Geschäfte ohne Rücksicht auf Ihre eigenen vergangenen Ideale.«

»Ein Idealist war ich nie.«

»Aber ein anderer Mensch als heute.«

»Das bringt das Altern so mit sich.«

»Ich spreche nicht vom Altern, sondern von der Verkehrung, und ich mache ihnen keine Vorwürfe, sondern konstatiere, daß Sie viele Feinde haben. Sie gehören zu den fünf bestgehaßten Männern der Republik. So, und nachdem wir das festgestellt haben, wenden wir uns Ihren Feinden zu. Ich bin sicher, auf diesem Wege finden wir am Ende diejenigen, die Ihnen schaden wollen. Denn darum handelt es sich, jemand will Ihnen schaden, und Sie wissen es selbst genau, nur wollen Sie es aus bestimmten Gründen nicht offen zugestehen.«

Gut gebrüllt, Löwe, raunte Mani sich lautlos zu, so zufrieden war er mit seiner aufgedonnerten Rhethorik. Immerhin hatte er Leukert aus der Reserve gelockt, obwohl das Visier des Unterweltkönigs ruhig noch weiter hätte aufklappen können. Für die dargereichten Ruppigkeiten blieb Leukert erstaunlich gelassen. Bisher. Vielleicht mußte man ihn tatsächlich anspucken, um ihn ganz aus der Deckung herauszuholen.

Gerade wollte Mani erneut loslegen, da begann Leukert mit seiner Gegenrede, und während er sprach, straffte sich seine etwas schlaffe Figur, in das jugendliche Kinderbackengesicht prägten sich die beinahe charaktervollen Züge des vom Leid gezeichneten ewigen Menschen ein. Am verwunderlichsten fand Mani die gelassene Art der Antwort, Leukert blieb leise, beherrscht, überlegt, nur von einem inneren Feuer bewegt.

»Und weshalb«, gab er kunstvoll pausierend zu bedenken, »glauben Sie, verleugnete Arthur Rimbaud seine große kindliche Vergangenheit? Weil die Zeit des Genies vielleicht begrenzt ist? Weniger durch den eigenen Vorrat an Kraft und Größe als durch die schäbige Unfähigkeit seiner Zeitgenossen, seiner Feinde wie seiner Freunde, die sich als gänzlich untauglich erwiesen? Aber lassen wir den gewiß ehrenvollen Vergleich mit dem Dichter. Was ist denn, wenn der Grund für so eine Umkehr, wie Sie sie mir nachsagen, eben in der prosaischen Situation liegt, in der sich einer befindet? Ich könnte es mir verdammt leicht machen und argumentieren, es liege in der Natur des Menschen, also in der Schäbigkeit des menschlichen Charakters begründet, daß einer in jungen Jahren ein idealistischer Kommunist und als Erwachsener ein skrupelloser Geschäftsmann sein müsse. Ich mach' es Ihnen und mir nicht so einfach. Sondern noch einfacher: Ja, Sie haben recht, ich schlug mich anderthalb Jahrzehnte mit den Rechten, mit der Trägheit, der Dummheit und dem großen Geld herum, und dann hatten sie mich am Boden. Ich stand kurz vor dem Aus, kratzte meine letzten Gelder zusammen, die eh aus Krediten stammten, erwarb in der Elbestraße ein Haus und wäre es kurz darauf schon wieder losgewesen in dem furiosen Bankrott, der mir drohte. Also machte ich eine eiskalte Rechnung auf: Nach fast fünfzehn Jahren ständiger Erfolge als Journalist und Herausgeber war ich bis zur Halskrause verschuldet und brauchte nur noch die Schwurhand zu heben, um auch offiziell den Status einer Kirchenmaus zu erreichen. Das könnte euch so passen, sagte ich mir, wandelte das Haus in ein Bordell um, zahlte innerhalb von dreizehn Monaten meine sämtlichen Schulden ab und war ein Jahr später siebenfacher Hausbesitzer. Wenn es auch nur eine einzige andere Möglichkeit gegeben hätte, dem drohenden Offenbarungseid auszuweichen, hätte ich sie genutzt. Aber all diese vielen großen Moralisten, die auf mich herabsehen, diese alten guten Freunde, die es besser wissen, sie alle miteinander waren nicht vorhanden, als es drauf ankam. Schön, ich mache seither Millionen, und –«

»Und verraten Tag für Tag die Träume Ihrer Jugend«, warf Mani ein.

»Und Sie nicht?« konterte Leukert mit unverhofftem Elan.

»Ich?«

»Ja, Sie!«

»Ich folge der einzigen Spur, die mich interessiert, ich bin von Haus aus nichts als neugierig.«

»Und schnoddrig, unwahrhaftig, unzuverlässig, niemandes Freund und jedermanns Feind.«

»Das mögen Sie so sehen, aber es stimmt nicht.«

»Wie das Bild, das Sie sich von mir machen, nicht stimmt.«

»Jedenfalls sehe ich keinen Grund, Ihnen übern Weg zu trauen, Herr Leukert.«

»Darin werden viele mit Ihnen übereinstimmen, Sie kleiner Bullenkläffer!«

Mani betrachtete Leukert mit wachem Interesse. Offenbar stieg der Spiegel seiner Aggressivität. Dem Knaben wurde Ärger ins Blut gepustet. Wie schön. Fast hätte Mani es nicht mehr geglaubt. Offenbar wirkte seine Taktik doch, wenn auch spät.

»Und nun zu denjenigen Ihrer Feinde, die Ihnen Tote ins Haus bringen. Da müssen schwerwiegende Beweggründe vorliegen, die ich gern kennen würde. Also, raus jetzt mit der Sprache.«

»Küpper«, antwortete Leukert lakonisch.

»Sind Sie sich sicher?«

»Nein.«

»Warum nennen Sie dann Küpper an erster Stelle?«

»Weil er den größten Nutzen von meinen Schwierigkeiten hat.«

»Und Sie trauen dem Mann derartige Methoden zu?«

»Ich kenne ihn.«

»Gut oder sehr gut?«

»Wir arbeiteten gelegentlich zusammen.«

»Also gleiche Brüder, gleiche Kappen?«

»Mann, wo leben Sie eigentlich? Mit dem Köpfchen über den Wolken und den Füßchen in der Bibel? Wenn Sie sich herumstoßen lassen, finden bald viele Leute Gefallen daran, Sie herumzustoßen.«

»Also muß man andere herumstoßen?«

»Sie lernen hinzu, scheint mir.«

»Heißt das, Sie greifen notfalls auch zu solchen Methoden?«

»Ich sagte bereits – Sie beginnen zu begreifen.«

»Gut. Ich werde mich um Küpper kümmern. Sie hören von mir.«

Mani erhob sich unlustig. Er hatte sich mehr von seinem Vorstoß erhofft.

Vorstoß ins kriminelle Hinterland

Küppers Festung erwies sich als schwer auffindbar. Erst mußte man in das hintere Taunusnest hinfinden, dann die hinter Wald und Buschwerk getarnte Villa erfragen, deren Zugang mit einer raffinierten Architektur verborgen worden war. Endlich stand Lubitsch, nachdem er seinen Wagen abgestellt und über einen Fußpfad zum Portal vorgedrungen war, am Eingang zum schwerbewachten Reich des Mannes, von dem niemand Genaues wußte und alle die irrsten Geschichten erzählten.

Was Mani mit Sicherheit wußte, war der Umstand, daß Küpper sich aus Angst vor seinen vielen Feinden kaum noch öffentlich zeigte. Mit seinem Rückzug in die Taunusfestung hatte er zugleich sein Leben und seine Geschäftsabläufe umstrukturiert. Aus dem Nachtmenschen war ein Tag- und Morgenmensch geworden, der in der Frühe pünktlich um sechs Uhr die Botengänger erwartete.

Von Jandell hatte Lubitsch gehört, man wisse von insgesamt dreizehn Kassierern, die für Küpper arbeiteten. Allerdings befänden sich jeweils nur elf im Dienst, zwei dienten als Springer für die Zeiten des Ausfalls wegen Urlaub, Krankheit oder anderen Gründen. Elf

Kassierer fuhren jeweils im 500er Mercedes und in Begleitung eines Leibwächters die Route ab, kassierten in den Bars, Bordellen, Discos, Tanzschuppen, Sex-Kinos und Peep-Shows die Einnahmen und lieferten sie am Morgen beim Boss ab, der die Herren im geflickten, schäbigen Morgenmantel erwartete, eine Hundeleine um den Hals gelegt, an deren beiden Enden zwei Colts hingen. Geladen und entsichert, seit einer der Kassierer durchgedreht hatte und dem Chef ans Leder wollte. Der Tod eines nächtlichen Boten. Küpper hatte den Mann mit der Faust erschlagen. Weil die Presse soviel davon hermachte, war Küpper das im Nachhinein ein wenig stillos erschienen. Ein Tod durch die Faust des Chefs paßte zu sehr in Küppers früheres Leben. Nach dem erfolgreichen Aufstieg stellte sich das Bedürfnis nach Imageverbesserung ein.

Küpper versicherte, jede künftige Insubordination werde mit einem gezielten Schuß beantwortet. Die Faust paßte nicht mehr aufs Auge, ein schneller Schuß ins Herz zählte zur gehobenen Selbstverteidigung. So baumelten ihm die niedlichen Colts zu beiden Seiten, wenn er am frühen Morgen die Scheine einsammelte, und während er rechnete und sortierte, nahm er von Zeit zu Zeit einen Schluck aus der Flasche, die das Spezialfrühstück enthielt: Ein Drittel Orangensaft, ein Drittel Cola, ein Drittel Wodka. Es sei sein Fitneßsaft, sagte er gern, sein Gehirnsstärker, sein Herzstreichler.

Übrigens war er einen Meter neunundneunzig groß und wog zweieinhalb Zentner. Und mit Genuß.

Als Mani geklingelt hatte, räusperte sich die Sprechanlage, und eine kratzende Roboterstimme fragte, wer da sei.

»Mani Lubitsch muß dringend den Boss sprechen!«

Es dauerte eine Weile, dann schob sich ein Flügel des Stahlportals wie von Geisterhand bewegt zur Seite, und ein bulliger Förster mit Jagdgewehr tauchte auf.

Der Knecht in seiner grünen Phantasieuniform, die Schrotflinte mit dem Lauf nach unten über der Schulter, eskortierte den Besucher schweigend über einen steinplattenbelegten Weg zum Haus.

In der von Jagdtrophäen vollgestopften Eingangshalle stand Küpper. Mani hatte ihn noch nie gesehen.

»Mani Lubitsch sind Sie, diese Sau, die sich immerzu in fremde Geschäfte einmischt und dann alles in den Scheißzeitungen breittritt?«

»Selber Scheißkerl!« antwortete Mani.

Küpper wandte sich um, und die Behendigkeit des Riesen imponierte wegen der Energie, die sich darin verriet.

Die angrenzende Wohnhalle hatte die Größe eines halben Fußballfeldes. Auf dem spiegelblanken Parkettboden lag ein Dutzend Perserteppiche, deren Wert zusammengenommen die Viertelmillion übersteigen durfte, wie ein Überschlag des im Kopfrechnen nicht besonders starken Lubitsch ergab. Vielleicht, dachte er, ist's auch eine halbe Million, die hier mit Füßen getreten wird.

»Setz dich!« grunzte der Hausherr und warf sich in einen überdimensionierten goldglänzenden Samtsessel.

Aus dem Hintergrund nahte eine Fee, in durchsichtige Schleier gewandet.

»Ist Ihre Puppe nun aus- oder angekleidet, wenn ich fragen darf?«

»Wenn's dir Spaß macht, springt sie für dich extra in einen Winterpelz, du kannst sie dir aber auch aus der Klarsichthülle rausholen, Mann!«

Die Biene blieb mitten im Raum stehen.

»Whisky oder Wodka oder das Spezialgetränk?«

Ihre Stimme war Zucker. Wer daran schleckte, bekam Gift mit rein.

Nach einem Kratzen im Genick, meinte er geradezu väterlich:

»Versuchen Sie ruhig meinen Haustrank. Er hilft Toten auf die Beine.«

»Wir haben zwei Tote, und kein Schnaps hebt sie wieder auf die Beine, da ich aber noch unter den Lebenden weile –«

»Keiner weiß wie lange –«

». . . kann ich Ihr Wässerchen ja mal kosten«, vollendete Mani den Satz, die Unterbrechung einfach ignorierend.

»Gut, der Junge!« Küpper winkte dem Mädchen. Ließ sich seine eigene Flasche nachfüllen, Mani bekam ein Kristallglas von der Größe eines Nachttopfs und in der Form nicht weit davon entfernt.

»Ich mag Leute, die was zu sich nehmen!«

Küpper setzte die Flasche an.

»Und wo sind Ihre beiden Colts?« erkundigte Mani sich, bevor er das Gefäß an die Lippen setzte und einen Feuerstrahl im Schlund verspürte.

»Die trage ich nur in Gesellschaft von Männern.«

Lubitsch grinste.

»Ich bin gekommen, weil ich weiß, daß Sie dem Leukert im Genick sitzen. In seinem Laden gab's zwei Leichen. Was bezwecken Sie damit!«

»Vielleicht war ich's, vielleicht auch nicht.«

»Nehmen wir ruhig an, Sie waren es.«

Der Fettwanst lachte röhrend.

»Davon bist du felsenfest überzeugt, was?«

»Mit Grund.«

»Und ohne geringsten Beweis.«

»Hab' ich erst eine Tat, schaff ich den Täter auch herbei.«

Küppers feister Mund, ständig wie in Großaufnahme, verzog sich zu einer Maske, die offenbar Vertraulichkeit ausdrücken sollte.

»Solche kleinen Dinge tut man nicht selbst. Man läßt sie tun. Und man gibt keine direkten Direktiven.«

»Man deutet seinen Wünsche an, und schon werden sie erfüllt.«

»Du weißt ja Bescheid, mein Lieber –«

»Ich bitte darum, die Vorsilbe Un- zu benutzen.«

»Schön, ehrlich währt am längsten. Ich setze deinem Freunde Leukert nicht persönlich zu. Wenn er Schwierigkeiten hat, ist das nur die andere Seite der Medaille.«

»Von welcher Medaille sprechen Sie?«

»Weißt du, was mir imponiert? Daß du mich weiterhin so höflich siezt.«

»Aus rein hygienischen Gründen. Ich bade nicht in Scheiße.«

»Das läßt sich schnell ändern.«

»Sie kennen, wie ich weiß, Kommissar Jandell.«

»Auch so ein Jauchefisch.«

»Er weiß, daß ich hier bin.«

»Ein Absicherer bist du, Bürschchen.«

»Glatteis, dünnes Eis, tiefe stille Gewässer meide ich nur, um meine Lebensversicherung nicht in die Verlegenheit der Auszahlung zu bringen.«

Küpper staunte ganz ehrlich und direkt. Blickte Lubitsch an, als entdecke er sympathische Seiten an ihm.

»Schätzchen, füll ihm den Trog nach!«

Die Entkleidungspuppe, die sich in einem zürückgeschobenen Sessel aufhielt, flitzte heran und sorgte für Nachschub. Mani trank flott und viel und fühlte sich befeuert.

»Und nun«, sagte Küpper und kurbelte sich aus seinem Sitz, »muß Papa die Audienz beenden.« Sprach's, drehte um und wuchtete fort.

Auf der Rückfahrt ließ Lubitsch sich Zeit. Er war eine knappe Viertelstunde unterwegs und kurvte sich eben die Steigung von Schmitten zum Sandplanken hoch, als er mitten in einer langgestreckten Kurve von einem Saab-Turbo überholt wurde. Der Wagen bremste gleich darauf scharf ab, Lubitsch mußte notbremsen und hielt keinen halben Meter hinter der hinteren Stoßstange, an dem die Puppe lehnte, die aus ihrem Turbo gesprungen war, geschwind, explosiv und im blinden Gottvertrauen auf Manis Fahrkünste.

»Mein Saab ist nur ein GLI, einen Turbo kann ich mir nicht leisten!« knurrte Lubitsch.

»Der Turbo gehört zu Küppers Stall«, antwortete die Puppe.

»Wie Sie auch.«

»Mit einem gravierenden Unterschied.«

»Und der wäre?«

»Das Auto gehört ihm ganz und gar.«

»Und Sie etwa nicht?«

»Fahren Sie hinter mir her!«

»Ist das ein Befehl oder eine Bitte? Und was habe ich davon?«

»Den Nutzen. Und wenn Sie wollen, mich.«

Die Puppe bestieg ihren Wagen und fuhr mit quietschenden Reifen los. Mani setzte sich hinter sie, hatte aber Mühe, mit seinen geringeren PS dranzubleiben.

Auf dem Scheitelpunkt des Berges tauchten links und rechts von der Bundesstraße Gebäude auf. Hotel und Gaststätte. Der Turbo bog nach links ab, wegen des starken Gegenverkehrs mußte Lubitsch eine Weile warten, bis er folgen konnte. Er blieb jetzt dicht hinter dem roten Turbo. Sie fuhren am Restaurant vorbei, der Weg verengte sich, die asphaltierte Strecke hörte auf, über Geröll ging's leicht bergan und nach links auf eine große, geteerte Parkfläche, wo einige Autos parkten.

Die Puppe sprang aus ihrem Wagen, schloß die Tür ab und schlenderte Richtung Wald.

Lubitsch schloß seinen Wagen ebenfalls ab und beeilte sich, zu dem Mädchen aufzuschließen.

»Jedenfalls weiß ich von Ihnen, daß Sie schöne Brüste haben, obwohl ich bedaure, daß Sie in Küppers Diensten stehen.«

»Ich oder meine schönen Brüste?«

»Beides.«

»Übrigens, mein Name ist Rebekka. Mit zweimal k bitte.«

»Und was erwarten Sie von mir, Rebekka?«

»Ganz einfach, daß Sie Küpper fertigmachen.«

»Dabei dachte ich, Sie seien eine treue Geliebte und Gespielin, die zu ihrem Herrn und Meister hielte.«

»Ich möchte, daß er fertig gemacht wird –«

Lubitsch hörte ihr während des Gangs durch den Wald schweigend zu. Unter dem Eindruck ihrer Worte begann er sie mit anderen Augen zu sehen. Bald brachte er ihre beiden Erscheinungsformen nicht mehr restlos in einem Bild unter. Rebekka trug jetzt enganliegende Jeans und ein weißes, weitgeschnittenes Herrenhemd. Nichts an ihr erinnerte an die offenbrüstige Schleierpuppe von vordem.

»Und weshalb möchten Sie Küpper schaden?« erkundigte Mani sich, als sie wieder zum Parkplatz zurückgekehrt waren. Da sie nicht sofort antwortete, faßte er seine Frage noch einmal anders zusammen: »Sie schlafen mit ihm, Sie bedienen ihn, Sie leben sicherlich von ihm – weshalb also diese Feindschaft?«

Zum ersten Male blickte sie ihn direkt und offen an, mit hellen, grünen Augen, in denen Sonnenlicht, Laub und blauer Berghimmel durcheinanderflirrten.

»Ich schlafe nicht mit ihm. Er schläft mit mir.«

»Trotzdem kein Grund für Feindschaft.«

Sie irrte mit ihrem Blick von ihm ab zur Seite.

»Was verstehen Sie schon von der Liebe?«

Sie schloß die Wagentür auf und stieg ein. Die Abfahrt vollzog sich ohne einen Blick zurück.

Lubitsch befand sich etwa in der Mitte der Kanonenstraße zwischen Sandplacken und Oberursel, als ein großer schwarzer Mercedes an seiner Seite nach vorn schoß und hart bremste.

Manche Tage verlaufen voller Doubletten. Lubitsch stieg voll auf die Bremse. Die Tür des Mercedes öffente sich. Der Förster-Typ stieg aus und kam auf Mani zu.

»Herr Küpper möchte Sie sprechen!«

Küpper saß im Fond des Wagens und nahm zwei Drittel der Polster ein.

»Es handelt sich nur um einen kleinen Postscriptum, du Scheißer!«

Der Förster stieß Lubitsch in den Wagen neben Küpper, wo der Platz gerade so reichte.

»Hat Rebekka dich aufgefordert, mich reinzulegen? Oder sollst du mich glattweg umbringen?«

Der fette Mann lachte schallend.

»Und wenn es so wäre?«

». . . wäre es nicht das erste Mal geschehen. Rebekka liegt viel daran, mir zu schaden, verstehst du, Bulle?«

»Selber Bulle!«

»Also gut, kein Bulle. Jedenfalls ist Rebekka scharf darauf, andere Leute gegen mich aufzubringen.«

»Und warum lassen Sie das zu?«

»Weil's mir Spaß macht, Mann!«

»Was, genau, macht Ihnen Spaß?«

»Eine Wildkatze zu zähmen.«

»Das heißt, Sie stehen nicht auf Schmeichelkatzen, Sie

mögen es, wenn die Tierchen Ihnen die Krallen zeigen. Ist es so?«

»Gehorsame Weiber gibt's genug in meinen Betrieben, Mann. Wirklicher Luxus besteht im Vorhandensein der Gegensätze.«

»Und warum holen Sie sich nicht einfach eine niedliche Sadistin aus Ihren Betrieben ins Haus?«

»Weil's einfach zu eindeutig wäre, mein Junge.«

»Mit Rebekka ist es nicht einfach und eindeutig?«

»Rebekka ist immer für eine Überraschung gut.«

Der Fettwanst schnippte mit den Fingern.

»Und nun verschwinde!«

Der Förster sprang vom Fahrersitz, öffnete artig die hintere Tür und ließ Lubitsch aussteigen.

»Danke!« sagte Mani ebenso artig und begab sich zu seinem eigenen Wagen. Eine halbe Stunde später parkte er am Hauptbahnhof, telefonierte vom Postamt mit Jandell im Präsidium. Ging in den Wartesaal, bestellte eine Tasse Kaffee und ein Stück Sachertorte, las interessiert die Überschriften der Bild-Zeitung und rief den Kommissar ein zweites Mal an.

Nach ihrem zweiten Gespräch verließ Lubitsch den Hauptbahnhof Richtung Mainzer Landstraße. Schlenderte in südlicher Richtung, betrat ein weitläufiges Gebrauchtwagengelände und besah sich die Angebote. Der Händler kam langsam näher. Er trug eine auffallend glanzpolierte schwarze Lederweste, der eine große goldene Uhrkette zur Zierde gereichte. Sie trafen bei einem weißen Lancia zusammen, umkreisten den Wagen und sprachen offensichtlich über das Angebot.

Es sah vollkommen normal aus.

Mani sagte: »Einer von den Stadtstreichern muß fehlen. Einer vom festen Kern.«

»Kommt drauf an, was die Information wert ist.«

»Einen Blauen und die Verlängerung unserer Dauerfreundschaft.«

»Der Mann wird irgendwann in Wochen oder Monaten aus der Kanalisation auftauchen«, sagte der Autohändler. »Sein Name ist Jonny. Familienname unbekannt.«

»Und wer schickte ihn in die Kanalisation?«

»Weiß nicht.«

»Was wird geflüstert?«

»Seltsamerweise wird nichts geflüstert. Aber die Jungs haben Angst gekriegt. Ein paar von ihnen sind abgereist in verschiedene Richtungen.«

»Man hört auch nichts, weswegen Jonny abtreten mußte?«

»Kaum. Ich glaube, er ist jemandem ins Gehege gekommen. War manchmal ein bißchen vorlaut, der Junge. Hatte sich nicht immer ganz in der Gewalt. Wer weiß, wem er auf die Nerven ging.«

Sie klopften aufs Autodach, schüttelten die Köpfe und sich die Hände. Fast sah es nach Abschluß aus. Der Kunde hatte dem Gebrauchtwagenhändler Geld übergeben. Offenbar ein glücklicher Abschluß mit Vorschußzahlung! Mani rief vom Hauptbahnhof erneut im Präsidium an.

Jandell versprach, sofort nach dem verschwundenen Jonny suchen zu lassen.

»Und was haben Sie jetzt vor?« fragte er Lubitsch.

»Ich muß Leukert schnell noch etwas fragen.«

Mani hängte ein, holte seinen Wagen vom Parkplatz und fuhr zur Kaiserstraße. Wegen des dichten Verkehrs und der angeordneten Umwege brauchte er eine gute halbe Stunde für die Strecke, die er in drei Minuten Fußweg zurückgelegt hätte.

Während der Fahrt, die mehr aus Stehen bestand, dachte er nach. Seine Überlegungen führten stets zum gleichen Ergebnis.

Er parkte im zweiten Hinterhof, wo Schilder jedes Parken streng verboten. Leukerts Miene verdüsterte sich, als Mani auftauchte.

»Sie nützen Ihre Freiheiten reichlich aus.«

»Geben Sie mir das Schreiben!« entgegnete Mani unumwunden.

»Welches Schreiben?«

»Das Erpresserschreiben!«

Mani hoffte inständig, Leukert sei schriftlich und nicht telefonisch erpreßt worden.

Leukert zog ein Papier aus der Innentasche.

Lubitsch nahm das Papier, faltete es auseinander und las:

»Hunderttausend Piepen in kleinen, gebrauchten Scheinen. Wenn du nicht willst, daß deine Puppen der Reihe nach geschlachtet werden. Wir sagen dir noch, wo und an wen gezahlt wird.«

Die Worte waren in Druckbuchstaben mit Kugelschreiber hingekritzelt und ohne Unterschrift.

»Haben Sie gezahlt?«

»Ich zahle nie.«

Lubitsch erfuhr, das Schreiben war am Tag vor der Ermordung des Mädchens mit der Post eingegangen. Den Briefumschlag besaß Leukert nicht mehr.

»Warum meldeten Sie die versuchte Erpressung nicht der Polizei, und gaben den Brief nicht an Kommissar Jandell?«

»Ich hab's vergessen.«

»Mit anderen Worten – Ihre Bereitschaft zur Kooperation ist nicht besonders groß.«

»Müßte sie das sein?«

»Müßte sie es nicht? Oder liegt es daran, daß Sie Ihre Geschäfte lieber selbst betreiben, auch wenn es um kriminelle Dinge geht?«

»Ich begreife nicht, worauf Sie hinauswollen.«

»Sie nahmen an, daß Ihr Hauptfeind Küpper hinter der Erpressung steckt?«

»Mich wunderte die geringe Summe. Das paßte nicht zu ihm. Ich nehme an, es war ein besonders raffinierter Schachzug.«

Leukert trat dicht vor Lubitsch und tippte ihm mit dem Zeigefinger gegen die Schulter. »Wäre ich zur Polizei gegangen und hätte meinen Verdacht geäußert, hätten die mich ausgelacht. Ein Mann wie Küpper gibt sich nicht mit Kleingeld ab.«

»Hunderttausend Eier als Kleingeld zu bezeichnen, setzt allerhand Eigenkapital voraus. Doch ansonsten scheint mir Ihr Argwohn plausibel. Allerdings gingen Sie dabei von der falschen Annahme aus, daß Küpper hinter der Erpressung stünde.«

»Wer denn sonst?«

»Ihr Fehler ist, daß Sie nur in den Größenordnungen Ihres eigenen unversteuerten Einkommens denken können, Mann!«

Lubitsch ließ Leukert, der ihm verblüfft nachblickte, stehen und machte sich davon.

Die Eile, in der er abtrat, veranlaßte Kurt, den Leibwächter, nach der Knarre zu greifen, die im Schulterhalfter steckte.

»Danke«, sagte Mani, »soweit sind wir noch nicht.«

Theas 4. Bericht

Ein Stammkunde verfügt über ein auffallend großes Glied. Zwischen Birgit und Babsi entwickelt sich ein angeregtes Fachgespräch über verschiedene Größen und Längen. Es endet, wie die meisten dieser Unterhaltungen, bei den Negern, wobei Birgit und Babsi sich nicht einigen können, ob Schwarze besonders dicke oder lange Schwänze haben.

Der gut bestückte Kunde, der das Streitgespräch auslöste, zeigte unterdessen mit verzweifelten, bald recht obszönen, bald nur ratlosen Bewegungen an, daß er auch noch vorhanden sei.

»Steck ihn endlich weg, blöder Hund!« rief ihm Birgit zu. Er schien es nicht verstanden zu haben und wiederholte seine Gesten.

Babsi, die für ihn in der Kabine saß, lächelte, um die Besuchszeit auszudehnen. Sie hob eine Brust an und ließ sie anreißerisch kreisen.

Der Stammkunde dankte mit einem geschmeichelten Lächeln. Seine Hand fuhr scheller auf und nieder. Babsi, die ihre Pappenheimer genau kannte, hatte ihn mit wenig Aufwand animiert, dazubleiben und weiterzuzahlen.

Sobald das gesichert war, ließ Babsi mit ihren Bemühungen erst mal nach. Der Energiestoß, den sie dem Mann versetzt hatte, hielt für eine Weile an.

Die zwanzigjährige Babsi arbeitet seit zwei Jahren in dem Gewerbe. Sie war von Anfang an dabei und zählt zu den Pionieren. Mir erscheint sie recht abgebrüht, eine Fachfrau der nackten Darstellung. Während der Arbeit ist sie ständig stoned und ganz stolz darauf, daß sie lieber raucht als säuft. Rauchen macht munter, beteuert sie, Saufen aber wracke ab. Dabei ist sie mit ihren kleinen zwei Jahrzehnten schon ganz hübsch abgewrackt.

Ihr Verzicht aufs Trinken ist immerhin eine Leistung, denn Alkohol und Drogen sind weit verbreitet bei den Mädchen. Das ergibt sich leicht, weil den Peep-Shows meist Animierlokale angeschlossen sind.

Babsi erzählt, sie habe zuletzt mit zwei Alkoholikerinnen – sie spricht von »kalten Säufern« – und zwei Kokainistinnen zusammengearbeitet.

Während die andern in unserm Team ein betont bürgerliches Leben führen oder zu führen versuchen, bleibt Babsi nach Dienstschluß im Milieu.

Sie verkehrt im »Las Vegas«, der bunten Spielhalle neben der Peep-Show, und spielt meist Billard mit der männlichen

Besatzung. Voller Stolz berichtet Babsi von dem guten Verhältnis zu ihren Eltern. Die meisten Peeperinnen halten ihren Job gegenüber der näheren und ferneren Verwandtschaft geheim. Babsi hatte Vater und Mutter gleich reinen Wein eingeschenkt. Anfangs gab's ein bißchen Ärger, aber dann wurden die beiden ganz nett und friedlich. Babsi erzählte, was sie verdiente, die Eltern hatten nichts mehr einzuwenden.

Es ist früher Abend. Das Geschäft fließt träge dahin. Vom »Las Vegas« kommt ein Installateur herüber und bringt eine Flasche Sekt mit. Die Stimmung hebt sich beträchtlich. Wir sitzen im Kreis herum und trinken. Es gibt Nachschub, der Schaumwein schmeckt. Die Atmosphäre ist gemütlich-familiär, wie daheim im Wohnzimmer. Zum Wechsel auf der Scheibe erhebt sich ein Mädchen, die Kollegin, die abgelöst wird, läßt sich zwischen uns auf dem freien Platz nieder, alles ganz locker und beiläufig.

Der Installateur tritt zum Vorhang und blickt in die vordere Einzelkabine. Er beachtet das Mädchen kaum, beobachtet den Kunden jedoch mit einigem Interesse.

Der Installateur lacht laut auf. »So ein dummer Hund!« sagt er. Währenddessen plätschert unser Gerede dahin. Wir sitzen nackt auf unseren Stühlen, trinken Sekt und sind beinahe jene Familie, als die wir uns in diesem Augenblick fühlen. Es gibt nichts Normaleres und Natürlicheres als unsere Runde.

Christa aus Nürnberg erscheint und vervollständigt unser Team. Wir sind nun komplett.

Sie ist wie Babsi gerade zwanzig und hat ein Kind von vier Jahren. Christa gefällt mir, besonders gefällt mir ihr Gesicht.

Es ist nicht schön, sondern das, was ich nach längerem Nachdenken unauffällig nenne. Es ist das Gesicht eines Menschen, von dem keine Unruhe ausgeht. Christa ist groß, schlank, langbeinig und ebenso reich wie arm, denn sie besitzt ein Haus mit neun Zimmern, das sie abbezahlen muß.

Christa war zuvor Büroangestellte im Betrieb ihres Vaters, der mehrfacher Millionär sein soll. Seine Tochter allerdings hielt er ziemlich kurz. Pro Monat bekam sie 1300 Mark und sollte immerzu Überstunden machen.

Sie warf dem Vater den Krempel vor die Füße, ging zur Peep-Show und lebt mit ihrem Freund zusammen, von dem sie auch das Kind hat. Der Mann erscheint Tag für Tag gegen Schichtende, kassiert Christas Sologelder und zahlt alles bei der Bank ein. Der Junge weiß genau, was er will. Sein Ziel ist es, einen Autosalon zu eröffnen. Dafür geizt er mit jedem Pfennig. Er fährt Christas Mercedes 350 SEL, das einzige große Geschenk, das sie jemals von ihrem Vater erhielt, und läßt Christa nicht mal eine Mark für die Musikbox.

»Wir haben genug Platten daheim!« erklärt er streng.

Manchmal will Christa mit ihrem Mercedes aus der Stadt ins Grüne fahren, aber ihr Freund schimpft wegen der hohen Benzinkosten, und da läßt sie es sein.

Mit der Zeit springt der Geiz ihres Freundes auf Christa über. Die Unerbittlichkeit, mit der sie ihre Solokabinen-Auftritte ausweitet und den Kunden das Geld aus der Tasche holt, wird von keiner anderen erreicht.

Ihren kleinen Jungen hat Christa bei den Eltern in Nürnberg gelassen. Sie brüstet sich damit, daß sie das keinen Pfennig kostet, womit sie sich an ihrem knauserigen Vater rächt.

Vor kurzem besuchte Christa in Nürnberg ihre Eltern und ihr Kind. Lachend berichtete sie von ihrem Versuch, die Mutter einzuweihen.

In der Innenstadt spazierten sie an einer Peep-Show vorbei. Christa forderte die Mutter auf, mit ihr hineinzugehen, »nur mal so aus Spaß«.

Die Mutter lehnte empört ab. Sowas von Abschaum wolle sie nicht sehen.

Das seien doch ganz normale Mädchen, die ihr Geld eben auf diese Weise verdienen, wandte Christa ein.

Die Mutter antwortete, die Tochter solle den Mund halten, denn sie habe »von sowas« keine Ahnung.

Christa und ich verstehen uns auf Anhieb. Ich schenke Christa einige Schminksachen, wodurch unsere Freundschaft soweit fortschreitet, daß sie mich in ihre kleinen Tricks zur Anhebung der Trinkgelder einweiht.

In der Solokabine verlangen die Männer oft, daß man sich umdreht. Die Mädchen gehen meist darauf ein. Christa dagegen beantwortet den Wunsch mit einer Fingerbewegung. Das heißt: »Gib Geld!«

Zahlt der Kunde nicht, tippt sie sich leicht gegen die Stirn und bleibt sitzen. Meist blecht der Mann nun, um die gewünschte Drehung zu bewirken.

Heikler wird die Sache bei einem Trick, die gegen die Abmachungen des Teams verstößt. Wir haben uns abgesprochen, daß kein Mädchen die Schamlippen auseinanderzieht.

Gerade dies ist ein häufig geäußerter Sonderwunsch der Kunden. Doch damit, glauben viele von uns, würde eine Grenze überschritten, die Peeperin näherte sich bedenklich der Prostitution. Der »Tatbestand« wird wieder und wieder besprochen, mich erinnerten die ausführlichen Diskussionen darüber an Sabine Litzmann, mit der ich eine Zeitlang gemeinsam zur Schule gegangen war und die später als Filmschauspielerin von sich reden machte.

Ihre Anfangserfolge bestanden darin, daß sie sich vor der Kamera auszog. Als sich dann so ziemlich alle Schauspielerinnen ungescheut auszogen, wenn es verlangt wurde, verblaßte Sabines junger Filmruhm und sie akzeptierte, um Geld zu verdienen, auch Angebote in Sexfilmen. Ich ging extra ihretwegen in so ein Kino und stellte fest, sie ließ sich allein in diesem Film von mindestens drei Männern nehmen.

Kurze Zeit später traf ich sie beim Friseur. Wir hatten ein Stück gemeinsamen Heimweg, und ich sprach sie auf den Film an. Nach einigem Zögern gestand sie ein, die drei Männer »richtig drin« gehabt zu haben, zugleich beharrte sie darauf, daß jede Bewegung dabei verboten sei. Ich erfuhr, es gab da eine scharfe Grenze zwischen Sex- und Pornofilmen. In Pornofilmen verkehrten die Darsteller richtig miteinander vor der Kamera. In Sexfilmen markierten sie nur.

Anfangs sei noch nicht einmal eine Berührung mit den Geschlechtsorganen üblich gewesen, doch der Markt verlangte nach mehr.

War die Grenze bei diesen Darstellern zwischen Stillhalten und Bewegung gezogen, so verläuft sie bei den Peeperinnen dort, wo die Schamlippen geöffnet werden sollen. Das lehnen wir ab.

Christa allerdings findet: wenn schon – denn schon, und gegen ein Aufgeld erfüllt sie auch diesen Kunden-Wunsch. Offenbar arbeitet sie sogar zielstrebig auf solche Extra-Einnahmen hin.

Ich erfahre, sie ist oft in Peep-Shows mit angeschlossenem Amüsierbetrieb aufgetreten, und nach der Peep-Schicht leistete sie Überstunden im Separée.

Fürs einfache »Handanlegen« gebe es 100 DM, erzählt sie, ob und welche Wünsche sie sonst noch befriedigte, erzählt Christa nicht.

Erstmals höre ich, daß die Peep-Shows in den einzelnen Städten recht unterschiedlich eingerichtet und gehandhabt werden. In manchen sind die Scheiben nur halbhoch, der Kunde kann in den Raum des Mädchens hinüberklettern, was eine reichliche Einnahmenaufbesserung mit sich bringt.

In einigen Städten gibt es »Super-Salons«, in denen der Kunde sich für 30 DM ganz ohne Trennscheibe mit dem Mädchen vergnügen kann. Allerdings nur zehn Minuten lang, dann heißt es nachzahlen. Die Eröffnungen erstaunen mich, denn ich hatte bisher angenommen, es bestehe überall eine starre Grenze zwischen Peep-Show und Prostitution, offenbar sind die Übergänge fließend, jedenfalls weniger starr, als ich bisher geglaubt habe.

Die von unserem Team beschlossene »Sauberkeit«, eben dieses Prinzip, auf das wir dringen, indem wir uns untersagen, die Schamlippen zu spreizen, sind offenbar eine große Ausnahme, und die Regel sieht ganz anders aus.

Christa berichtet uns, nur in München werde streng darauf geachtet, daß die Peep-Shows »sauber« und streng von der Prostitution getrennt blieben.

Dies ist der ganze Stolz unserer Gelegenheits-Peeperinnen wie Monika und Gina, die deshalb am liebsten in München auftreten. Auch Elvira gehört zu dieser Gruppe, und gerade die Tatsache, daß sie nur manchmal aushilfsweise einspringen, erhöht ihr Selbstbewußtsein.

Christa erzählt von ihrer Arbeit in den Städten, wo die Peep-Shows mit Animierlokalen gekoppelt sind. Das Betriebsklima ist dort außerordentlich schlecht. Sobald es keine Grenzen mehr gibt, etwa wie unsere Selbstbeschränkung bei den Schamlippen, wird der Konkurrenzkampf unter den Frauen hart. Christa berichtet von Schlägereien zwischen den Mädchen, aus denen sie sich anfangs habe heraushalten wollen. Aber sie kriegte dann selbst Prügel und schlug zurück.

Die Nürnbergerin mit dem Millionärs-Vater machte auf mich immer einen ruhigen und sanften Eindruck. Als sie gesteht, ein Mädchen einmal krankenhausreif geschlagen zu haben, kann ich mir das schwer vorstellen. Sie berichtet von dem Vorfall mit einer Mischung aus Stolz und Scham.

Unterdessen weiß ich, Christa kippt gern einen, das Trinken macht sie aggressiv, sie verliert die Kontrolle über sich. Laut beginnt sie auf ihren Freund zu schimpfen, was sie sonst nicht wagt. Ich lerne sie jetzt besser verstehen und begreife, Geld ist für sie so wichtig geworden, daß sie, um es zu erlangen, alle Hemmungen und Skrupel beiseitefegt.

Sie kennt sich selbst genau genug, als das sie sich da etwas vormachte. Allerdings gefällt sie sich in gewissen Formeln und Illusionen, mit denen sie sich beschwichtigt. Obwohl sie ohne Scheu von ihren Erfahrungen im Separée und ihren »Handreichungen« berichtet, beharrt sie darauf, daß wir einer »sauberen« Beschäftigung nachgingen, geradezu einem Traumjob, und darin stimmen alle Mädchen überein, peepen ist etwas ganz und gar »Seriöses«, ein

Beruf, den man ausübt, um dann zu heiraten, ausgerüstet mit einem beachtlichen Bankkonto, jedenfalls könne ein Mädchen ohne reiche Eltern und gute Ausbildung in keiner anderen Branche so schnell und risikolos so viel Geld verdienen.

Christa besitzt einen ausgeprägten Sinn für Hygiene. Am dritten Tag unserer Bekanntschaft unterweist sie mich darin, die beiden Seiten des Handtuchs, das ich auf der Scheibe als Unterlage benutze, streng zu unterscheiden.

Die Seite, auf die ich mich legen, darf nie unten sein und die Scheibe berühren. Denn nicht alle Kolleginnen sind sauber genug. Oft benehmen sie sich unachtsam und legen sich direkt auf die Scheibe oder neben ihr Tuch, und wenn ich nun das Laken so ausbreite, daß später die Unterseite, die die Scheibe berührt, wieder oben ist und meinen Körper berührt, dann laufe ich Gefahr, die Keime der hygienisch bedenklichen Mädchen auf meine Haut zu bringen. Christa ist besessen von dieser Idee. Ihr Reinlichkeitswahn ist der Ausdruck ihrer geheimen, stets abgeleugneten Angst, der Job sei doch nicht so »sauber« und »seriös«, wie sie ihn gern sehen möchte.

Allmählich überträgt sich ihr Tick auf mich. Wie Christa achte ich immer strenger auf Hygiene, als könne man sich dadurch tatsächlich vor allerlei Unbill bewahren. Zwar weiß ich genau, das alles ist eine Psychose, aber trotz meiner Einsicht kann ich mich nicht davon befreien.

Judith, eine achtzehnjährige Gymnasiastin, erscheint als Aushilfe. Ich hole mir eine Cola, und als ich zurückkomme, ist mein Badelaken weg.

Ich hatte es auf dem Stuhl liegen lassen.

Zuerst traue ich meinen Augen nicht, als ich Judith auf der Scheibe sehe, mein Frottiertuch unter sich. Sie hatte als Anfängerin, ebenso wie ich bei meinem Start, kein Laken mitgebracht und sich nun einfach meins gegriffen.

Christa mit ihrem Hygiene-Tick, die sich noch mehr empört als ich, die ich auch ein bißchen Mitgefühl für die Neue empfinde, rät mir, sofort 10 DM zu verlangen und das Laken dieser unverschämten Judith dafür ganz zu überlassen. Jedenfalls dürfte ich das Tuch nun nicht mehr benutzen.

Als Judith von der Scheibe kommt, gebe ich ihr zu verstehen, daß sie mich mindestens hätte fragen müssen. Ich schenke ihr das Badelaken und benutze für den Rest der Schicht meinen Kimono als Unterlage, den ich während der Pausen gern überziehe.

Unsere Nürnberger Millionärstochter mißbilligt streng mein Verhalten. Die anderen beobachten den Vorgang noch einigermaßen neutral. Aber Judith versteht nicht, sich einzuordnen. Sie verspätet sich und nimmt es mit ihren Auftrittszeiten auf der Scheibe nicht so genau. Sie ist gleichgültig, reichlich schlampig und unkollegial, womit sie sich die Antipathie des ganzen Teams zuzieht.

Die Abneigung erhöht sich noch dadurch, daß Judith recht attraktiv ist und mit ihren langen blonden Haaren, dem hübschen Gesicht und der aufreizenden Figur viel von sich her macht.

Es wird getuschelt, ihr Busen sei operiert. Tatsächlich wirkt er etwas unnatürlich und bleibt auch im Liegen erstaunlich voll und rund.

Ich kann mir nicht recht vorstellen, daß eine Achtzehnjährige sich schon der Chirurgie bedient, das wäre ein Fall für meinen lieben Mann, der könnte die Streitfrage blitzschnell entscheiden. Vielleicht hätte ich mich doch ein wenig um seine Arbeit kümmern sollen, dann könnte ich den Casus besser beurteilen.

Es überrascht mich, wie sehr Judith Neid und Mißgunst auf sich zieht. Bisher waren wir in unserem Team immer stolz darauf, daß es uns gelang, solche Konkurrenzkämpfe zu vermeiden.

Das Übelwollen gegen die Gymnasiastin steigert sich, als sich schnell erweist, daß Judith bei den Kunden ein Renner ist. Sie hat reichlich Solos und wird immerzu verlangt.

Gleich erhebt sich der Verdacht, Judith mache »unanständige Sachen«. Als erstes argwöhnt Christa, die selbst oft genug die Schamlippen spreizt, daß Judith sich dieses Zugmittels bediene. Die Neue wird scharf beobachtet, doch die Verdächtigung bestätigt sich nicht. Wahrscheinlich wirkt das Mädchen auf die Besucher einfach durch Jugend und gute Figur.

Dennoch erklärt das nicht ganz Judiths Anziehungskraft auf die Kunden. Andere haben das auch, und gleichwohl garantiert es keineswegs einen solchen Erfolg. Wenn die Neue allein durch ihre Attraktivität so gut ankommt, gelingt das Christa zum Beispiel nicht, obwohl sie es im Aussehen durchaus mit Judith aufnehmen kann. Christa aber ist auf ihre Tricks und Sonderzugaben angewiesen. Sobald sie die nicht anwendet, lassen auch ihre Solos nach. Auf der Scheibe, wo sie sich solche Extratouren nicht leisten kann, wirkt sie mittelmäßig, wenn nicht unterdurchschnittlich. Dagegen ziehen häßliche, dickliche Mädchen die Kunden stark an.

Monik strippt meist in einem Schuppen nebenan. Wir sind uns gleich nicht ganz grün. Sicher heißt sie eigentlich Monika und will ihren Namen durch Tilgung des »a« aufpeppen. Als ich das verstümmelte Wort auf unserem Auftrittsplan lese, rutscht mir heraus: »So ein Quatsch, dann muß man es wenigstens richtig schreiben, also die französische Form wählen: Monique!« Meine Kritik wird der Neuen hinterbracht und erhöht keineswegs ihre Zuneigung zu mir, sie bleibt bei dieser blöden Schreibweise. Also schön, Monik peept nur bei uns, wenn sich für sie gerade nichts Besseres findet. Sie ist groß, fast plump und bewegt sich dennoch mit erstaunlicher Leichtigkeit. Dabei gibt sie sich Mühe, jedenfalls mehr als die meisten anderen. Angezogen wirkt sie etwas hausbacken, was sie durch eine mahagonifarbene Lockenperücke vom Typ Muttchenverschnitt noch unterstreicht.

Sie konnte mich auf den ersten Blick nicht leiden. Ihr Verhalten mir gegenüber trübt die allgemeine Atmosphäre beträchtlich. Die anderen sind eigentlich auf meiner Seite, doch fürchten sie alle Moniks Einfluß, und keine muckt gegen sie auf. »Da hast du aber Pech gehabt!« merkt Christa an. Obwohl wir beide uns gut verstehen, meine ich ein wenig Schadenfreude aus ihren Worten herauszuhören.

So langsam werde ich nervös und gereizt. Die Klimaverschlechterung im Team macht die psychischen Belastungen deutlich, unter denen wir leiden. Manchmal zucken meine Hände, als möchten sie bald zuschlagen. Gleichzeitig ist mir nach Weinen zumute.

Auf der Scheibe bemerke ich, daß ich mich aggressiver und obszöner benehme. Etwas geschieht mit mir. Ich verwandle mich. Verspannungen in meinem Körper, zum Unterleib hin, machen mir zu schaffen. Ich war früher nie so verspannt und gleichzeitig angriffslustig. Dann wieder bin ich traurig. Tagelang. In den Nächten schlafe ich schlecht. Ich denke daran, Schluß zu machen mit der Arbeit hier. Aber dann raffe ich mich zusammen und verwerfe den verlockenden Gedanken wieder. So leicht werde ich meinen Beobachtungsposten hier nicht aufgeben.

Bosse lieben anders

Lubitsch war an einem Mittwoch bei der Erotik-Spinne im Netz, dem fetten Otto Küpper gewesen. Am Tag darauf standen Mani und Jandell fast zur gleichen Stunde Leute ins Haus. Frau Martell, die Sekretärin des Kommissars, meldete mit vor Hochachtung bebender Stimme einen Herrn an, den sie nur mit Mühe im Vorzimmer hatte zurückhalten können, so ungestüm benahm er sich.

»Ich bin Dr. Mattias Brock«, stellte er sich vor, als Jandell ihn einließ. Jetzt wurde dem Kommissar die Ungeduld des Herrn klar. Der Doktor bezähmte sich, kaum, daß er vor Jandells tadellos aufgeräumtem Schreibtisch Platz genommen hatte. Der Kommissar musterte Theas Ehemann und fühlte sich nicht besonders glücklich dabei. Zu seinem Erstaunen erfuhr er, Thea sei aus der Villa ausgezogen, habe ihrem angetrauten Schönheitschirurgen kurz und bündig erklärt, welcher Aufgabe und Beschäftigung sie sich widmen müsse und hülle sich im übrigen in Schweigen.

Obwohl Jandell nicht sehr nach Scherzen zumute war, lächelte er innerlich: wenigstens etwas, in das sie sich hüllt, die gute, von ihm zum Nackt-Dienst kommandierte Frau Brock.

Der erfolgsgewöhnte und erfolgsverwöhnte Doktor blickte anklagend auf den Kommissar: »Da haben Sie mir mit einem Schlag mein ganzes Leben durcheinandergebracht. Aber ich warne Sie, ich bin nicht länger gewillt, tatenlos zuzusehen!«

Brock sprach sehr direkt und sah in Jandells Gesicht, als sei der ein Delinquent und der Doktor derjenige, der ihn zu vernehmen habe. Eine in diesem Zimmer ziemlich seltene Konstellation. Des Kommissars Unbehagen kehrte wieder, weil er sich nicht ganz schuldlos fühlte.

»Ihre Frau ist ein freier Mensch«, sagte er leise.

»Und Sie sind so frei, meine Ehe durcheinanderzubringen, Kommissar!«

»Wenn Sie damit ausdrücken wollen, daß Thea und ich . . .« Jandell stockte.

Brock lachte trocken auf. »Das würde ich Thea eines schlechten Geschmacks bezichtigen, was mir fern liegt.«

Der Kommissar zwang sich zum Blick aufs Fenster. Die Gardinen waren staubig. Er drückte die Sprechtaste und sagte zu Frau Martell: »Wann werden eigentlich die Gardinen gewechselt?«

Ohne die Antwort der Sekretärin abzuwarten, wandte Jandell sich wieder an seinen Besucher, der sehr angespannt und voller Verachtung vor ihm saß.

»Herr Doktor, ich bin nicht geneigt, mich mit Ihnen über gewisse Geschmacksfragen zu unterhalten. Wenn ich Sie richtig verstehe, sind Sie zu mir gekommen, um mich zu warnen?«

»Ihre Position hier im Hause ist nicht derart, daß Sie sich alles leisten können«, versetzte der Chirurg knapp,

»sorgen Sie dafür, daß meine Frau aufhört mit dem, wozu Sie sie verführt haben. Ich möchte, daß Thea sofort in unser Haus zurückkehrt.«

»Mit anderen Worten, Sie sprechen mir die Gewalt über Thea zu, die Sie nicht haben?«

»Ich sprach nicht von Gewalt, Kommissar.«

»Wäre Einfluß das bessere Wort?«

»Sie brachten meine Frau dazu, etwas zu tun, das unserer Ehe nicht bekommt. Sorgen Sie nun dafür, daß es wieder wird wie vordem. Sonst . . .«

»Sonst?«

Der Besucher erhob sich. Die Nervosität kehrte zurück, seine Hände flatterten, sein Gesicht zuckte.

»Großer Gott«, sagte Jandell leise und ehrlich, »und von sowas wie Ihnen lassen sich diese arglosen Frauen operieren?«

Dr. Brock, schon an der Tür, drehte sich zu Jandell um. Seine Augen blickten scharf und ruhig, ausgegrenzt von der Nervosität, die den sonderbaren Mann ansonsten kennzeichnete, sobald er sich bewegte. »Vielleicht geraten sie mir auch unters Messer!«

Der Kommissar antwortete: »Vorher schneide ich mir lieber selber den Kopf ab.«

Dr. Brock hörte es nicht mehr. Er war schon im Vorzimmer, wo er drahtig an Frau Martell vorbeispurtete, die dem eiligen Herrn beeindruckt nachblickte.

»War das nicht der berühmte Schönheits-Chirurg?« fragte die Martell den Kommissar über die Sprechanlage.

Jandell antwortete kühl: »Sie haben ihn so wenig nötig wie ich.«

Etwa zur selben Minute hatte Mani Lubitsch in seiner Wohnung Besuch. Er war auf Besuche noch nicht eingerichtet, der Umzug von der City an den oberen Feldberghang lag erst kurz zurück. Ebenso kurz lag die Katastrophe zurück, die Mani bewogen hatte, die Stadt fluchtartig zu verlassen. Nie mehr Job und Privatleben zu vermischen, lautete seine Devise seitdem: Ein Jahr lang kommen mir keine Weiber ins traute Heim, nahm er sich vor, hatte er sich vorgenommen, und nun wurde er von Rebekka bedrängt. Der Gedanke, die Besucherin auf der Schwelle abzuweisen, war in ihm aufgeblitzt und sofort von der Schwelle gewiesen worden, statt daß er Rebekka fortgeschickt hätte.

»Wenn Sie wollen, bediene ich Sie«, erklärte die Besucherin unumwunden. Sie trug wieder unverschämt enge Jeans und ein weißes Herrenhemd, diesmal aus Seide, saß auf Manis alter, zerschlissener Cordcouch, hatte die Beine übereinandergeschlagen und wippte herausfordernd mit dem Fuß, der in einer aufreizend schmalen Sandale steckte. Mani ergriff den Fuß, streifte die Sandale ab und tat so, als wolle er den rotgelackten großen Zehnagel küssen.

»Ich bin Fußfetischist!« erklärte er, verdrehte die Augen und begann keuchend zu lachen.

»Sind Sie schwul?« fragte Rebekka ernsthaft.

»Antworten Sie selbst!« Mani legte ihre Hand an seinen Schritt.

»Also nein. Weshalb nehmen Sie dann mein Angebot nicht an?«

»Wegen schlechter Erfahrungen.«

Sie überlegte.

»Gut. Das akzeptiere ich.«

»Was wollen Sie mit Ihrem Besuch bei mir erreichen, Rebekka?«

»Was ich erreichen will, wissen Sie genau – Küppers Untergang. Ich denke, Sie können mir dabei helfen.«

»Und wie?«

»Ich erfahre nicht viel, aber einiges. Sie wollen wissen, was Küpper auf dem Kerbholz hat. Fragen Sie mich also, ich werde antworten, wenn ich etwas weiß.«

»Wie stehen Küpper und Leukert zueinander?«

»Kontra. Doch das ist nichts Neues. Sie bekämpfen sich schon seit vielen Jahren. Neueren Datums ist erst der Streit um die Schutzgelder. Die Lokale, Betriebe, Shows und Bordelle in der Innenstadt blieben bisher von den Zahlungen frei. Seit einigen Monaten ist das anders geworden. Erst kamen die Jugoslawen und forderten Geld. Dann wurden die Jugoslawen von den Türken verdrängt. Bis die Türken von einer neuen Gruppe verdrängt worden sind.«

»Wer ist diese neue Gruppe?«

»Küpper meint, Leukert steckt dahinter, und Leukert meint, es sei Küpper. Ich kann mit Sicherheit sagen, daß Küpper es nicht ist.«

»Wenn Küpper es wirklich nicht sein sollte, könnte es tatsächlich Leukert sein. Ich werde mit Jandell reden, der jemanden ansetzen soll, damit wir erfahren, wer jetzt die Schutzgelder kassiert. Wenn aber Leukert dahinter stekken sollte, ist nicht einzusehen, weshalb er bei seinen eigenen Unternehmen Gelder abpressen läßt.«

»Das könnte zur bloßen Tarnung geschehen.«

»Das könnte sein.«

»Hinter dem Fall mit dem erstochenen Mädchen steckt Küpper.«

»Sollte er tatsächlich so unklug sein und sich mit einem Mord belasten, nur um seinem Konkurrenten Ärger zu bereiten?«

»Es war nicht geplant, das Mädchen zu töten.«

»Warum wurde sie dann doch getötet?«

»Weil jemand durchdrehte.«

»Und derjenige, der durchdrehte, verschwand danach in der Kanalisation?«

»Gut möglich. Aber ich weiß nichts darüber.«

»Ich darf nochmal zusammenfassen, damit wir uns auch richtig verstehen: Erstens – zwischen Küpper und Leukert gibt's außer geschäftlichen Rivalitäten auch tätliche Auseinandersetzungen. Zweitens – jede Seite vermutet von der anderen Seite Schutzgelderpressungen. Drittens – Küpper beauftragte jemanden, Unruhe zu stiften. Der Tod eines Mädchens war jedoch nicht beabsichtigt. Ist das richtig so?«

»Richtig.«

»Noch eines würde mich interessieren – wie kamen Sie zu Ihrem Boß?«

»Er zog mich aus dem Sumpf.«

»Läßt sich das genauer ausdrücken?«

»Ich machte bei ihm Karriere. Anfangs strippte ich für Küpper in einem seiner Lokale auf dem Lande. Er kassierte zu der Zeit noch jede Nacht persönlich ab. In einer Nacht vergewaltigte er mich und machte mich anschließend zur Leiterin des Lokals. Ich wurde jede Nacht von ihm vergewaltigt und bekam dafür einen Tausender. Schließlich bot er mir an, bei ihm daheim als Hausdame zu arbeiten. Den Job kennen Sie von Ihrem gestrigen Besuch.«

»Heißt das, Sie schlafen nicht freiweg mit Ihrem Boß?«

»Freiweg schon, aber nicht freiwillig.«

»Weshalb gehen Sie nicht weg?«

»Einem solchen Manne entkommt kein Mädchen.«

»Sie wollen es auch nicht.«

»Nein.«

»Es macht Ihnen Spaß.«

»Spaß ist nicht der richtige Ausdruck.«

»Was wäre ein besserer Ausdruck?«

»Ich will ihn tot sehen.«

Rebekka stand mit einem Ruck auf. Ihre Hände fuhren über die Jeans, als wäre ein Rock glattzustreichen.

»Möchten Sie wirklich nicht –«

»Nein«, sagte Mani, »ich bin dafür nicht masochistisch genug. Weiß Küpper übrigens, daß Sie hier sind?«

»Nein. Aber er dürfte es erfahren, weil er mich beobachten läßt. Es wird seine Lust vergrößern.«

»Und Sie? Ist das nicht reichlich anstrengend, mit so einem Mann ins Bett zu steigen?«

»Wir gehen nie ins Bett. Es geschieht in der großen Wohnhalle, die Sie kennen. Mitten auf den Teppichen. Ich prügle ihn, so sehr ich kann.«

»Und erfüllen ihm damit seine Wünsche.«

»Zweieinhalb Zentner Lebendgewicht kann ein Mädchen wie ich nicht ernsthaft verprügeln. Ich komme mir dabei vor, als klopfte ich nur an.«

»Sie könnten ihn mit einem Messer . . .«

»Wo denken Sie hin! Paul, sein Leibwächter Nr. 1, durchsucht vorher die ganze Halle nach Waffen. Auch mich. Und, bedenken Sie, ich bin unbekleidet, wenn ich antrete zum Match.«

»Also möchten Sie ihn anderen ans Messer liefern.«

»Ich vertraue Ihnen.«

»Weshalb mir?«

»Weil Sie schon öfter gezeigt haben, daß es Ihnen ernst ist mit dem Bäumefällen.«

»Küpper und Leukert sind starke Eichen. Man kann sie fällen, muß aber aufpassen, daß man dabei nicht zerquetscht wird.«

Sie begleitete die letzten Sätze mit einem reichlich unpassenden Grinsen. Es paßte nicht auf ihr schönes Schlafzimmergesicht. Aber da auch vieles andere nicht dazu paßte, ließ sich Lubitsch nicht weiter irritieren.

Mani lief seiner davongehenden Besucherin ins Treppenhaus nach. »Bitte beantworten Sie mir noch eine Frage: Wissen Sie was von Feministinnen, die etwas vorhaben?«

»Ich bin eine, und ich habe was vor.«

»Und von Ihnen abgesehen?«

»Es gibt da eine Frau von einem Lufthansapiloten, ich weiß nichts Genaueres darüber. Sie soll recht erfolgreich sein.«

Theas 5. Bericht

Fällt eines der Mädchen aus, tritt Elvira an, das Phänomen. Sie hat es, als Frau eines Flugkapitäns, eigentlich nicht nötig, Geld zu verdienen und wohnt außerhalb der Stadt in einer der zahlreichen Bungalowsiedlungen in einem Haus, von dem es heißt, sein Wert belaufe sich auf eine runde Million.

Elvira langweilt sich während der Fernflüge ihres Mannes. Ist er aber daheim, nützt kein Anruf bei ihr.

»Er bleibt sowieso nie lange genug!« erzählt sie, unschuldig lächelnd. Fliegt ihr Kapitän aber gerade irgendwo überm Atlantik, und er wird, wie wir hören, meist für Flüge nach USA eingesetzt, kann Elvira innerhalb einer knappen Stunde herbeigelockt werden. Sie kommt gern, noch ein wenig atemlos, was nur anzeigt, wie lieb ihr die Abwechslung ist. Aber ich glaube, das ist nicht der einzige Grund für Elviras Bereitschaft. Vermutlich gibt es noch einen zweiten Grund. Obwohl Elvira es nicht deutlich zeigt und schon gar nicht eingesteht, ja obwohl sie sich sehr bemüht, es hinter einem großen Schild von ruhiger Gelassenheit zu verbergen, meine ich, sie ist die einzige Frau von uns allen, der es Spaß macht, auf die Scheibe zu steigen.

Offenbar unterliefen die Gucker genau demselben Eindruck, denn sobald die Lange Blonde auftritt, füllen sich die Kabinen, selbst in flauen Zeiten herrscht Andrang.

Elvira ist außergewöhnlich groß, nicht mager, aber doch ein wenig knochig. Diese Eigenschaft verstärkt ihren optischen Reiz.

Alles an ihr ist skelettbetont. Ihre riesigen Brüste profitieren vom Gegensatz zu der knochigen Schultern und den deutlich sich abzeichnenden Schlüsselbeinen.

Ich beobachte Elviras Auftritte oft. Die Lässigkeit, von ihr zur Schau getragen, ist derart perfekt, daß man sie schlankweg akzeptiert. Elviras Bewegungen halten genau die Mitte zwischen der Notwendigkeit (Was wollt ihr, Leute, jetzt komm ich, und um zu kommen, muß ich einen Fuß vor den andern setzen), und einer kecken, verdeckt aufgeilenden Selbstanpreisung (Nun seht her, Leute, hat eine andere vielleicht was Besseres zu bieten?)

Elvira ist nicht einfach nackt, wenn die den Raum betritt, vielmehr führt sie ihre nackte Haut vor.

Die Haut ist es, die ihren Erfolg sichert. Die außergewöhnliche Länge dieser Blonden, ihre ungewöhnlichen Kontraste, die sie zu bieten hat, geben der Frau etwas garantiert Sieghaftes.

Elvira lehnt es ab, sich zu tarnen und zu maskieren. Sie trägt keine Perücke und verändert für den Auftritt noch nicht einmal ihre Frisur.

»Soll mich doch ruhig jemand erkennen!« sagt sie, überlegend lächelnd. Sie lächelt auch, wenn sie den Raum betritt und es sich auf der Scheibe bequem macht. Doch ist ihr Lächeln jetzt ganz reizend. Der Blick schweift rundum an den Guckscheiben entlang, als seien lauter liebe Gäste einzeln zu begrüßen. Elviras Blick ist wie ein Händedruck unter Freunden. Ehrlich, herzlich, anheimelnd. Zugleich der Gipfel frechsten Raffinements, vermischt mit einer Spur Unschuld. Was wollt ihr, ich gebe mich so, wie ich bin.

Elvira tritt auf die Scheibe und beugt sich nieder, um ihr flauschiges, violettes Laken auszubreiten.

Die Figur ist atemberaubend.

Keine der anderen Frauen versteht es, sich so in Szene zu setzen. Elviras außergewöhnliche Länge wirkt im Rondell als besondere Attraktion, und sie weiß das zu nutzen.

Was sie mit ihrem Laken anstellt, ist kunstvoll und verblüfft mich immer wieder.

Sie steht mit durchgedrückten Knien auf der langsam weiterrotierenden Scheibe, nur in den Hüften abgewinkelt. Ihr langer Oberkörper gestattet ihr, schräg vor und nach unten geneigt, ganz gemächlich und mit bewußten Verzögerungen das Tuch auszubreiten. Elvira glättet den flauschigen Frottee, zupft oben, streicht an der Seite entlang und dreht sich während dieser Minuten mit der Scheibe im Kreise, wobei sich ihre Hinteransicht jedem Zahlgast einmal voll zukehrt.

Der Blick, der sich bietet, ist die erste Attraktion. Obwohl Elvira, während sie sich vorbeugt, die Schenkel geschlossen hält, offenbart sich das Besondere ihrer Gestalt. Der vorwärts geneigte Oberleib drückt ihr Hinterteil weit heraus, ihr großer Arsch wandert mit der Scheibendrehung so herum als gelte es jetzt, eine zweite Begrüßung vorzunehmen.

Und unter der Gesäßspalte sitzt die deutlich aufgeworfene Vulva, kaum verdeckt vom blonden Flaum, der offenbar noch ein wenig gelichtet wurde, um dem Blick mehr Fleisch und Haut bieten zu können.

Wir andern haben mehrfach versucht, diese ungeheuer anziehende Bewegung nachzuahmen, doch keiner von uns gelingt es. Der Reiz liegt in ihrer besonderen Körperlänge und Anatomie. Als handele es sich um ein hervorgehobenes, erhabenes Stück, so bietet Elvira die Kostbarkeit aus, die in diesem Raum am meisten begeht wird.

Die Wirkung auf die Zuschauer ist unübertrefflich. Mit Elvira erlangt die weibliche Anziehungskraft des Geschlechts ihren Höhepunkt, soweit es um die optische Darbietung geht.

Hat Elvira auf der Scheibe Platz genommen, unterscheidet sie sich in ihren Aktionen nicht von den Kolleginnen. Sie agiert weder besser noch aufreizender, und dennoch wirkt sie stärker. Vielleicht leitet sich dieses Plus vor allem aus ihrer Übergröße ab. Jede kleine Körperbewegung scheint bei ihr mehr zu bedeuten, mehr zu versprechen, mehr zu enthüllen.

Das Spiel ihrer Brüste wird allein durch die Dimensionen, über die sie verfügt, eindrucksvoller. Solange die große Blonde auf der Scheibe liegt, bleibt kein Glasfenster länger als ein ein paar Sekunden geschlossen.

Meist werfen die Kunden die Marktstücke so schnell hintereinander ein, daß es keine Unterbrechung des Blickkontaktes gibt.

Der Raum scheint ausgefüllt von lauter gierigen, saugenden, gespannten und fiebrigen Männeraugen.

»Kaum einer, der nicht die Hose runterläßt!« konstatiert unser Körperwunder nach jedem ihrer Auftritte und mit zufriedener Stimme.

Sie legt ihr Laken über den Stuhl, auf den sie sich setzt, zieht ihre Ledertasche heran, holt Nadeln und Wolle heraus, schlägt die Maschen an und beginnt zu stricken. Ich habe noch nie beobachten können, daß Elvira ein Teil beendet oder etwa einen Pullover zusammennäht. Der Reiz scheint für sie im Beginnen der Arbeit zu liegen, aber er hält nicht an.

Wenn es nicht ungewöhnlich kühl ist, zieht sie sich im Warteraum nichts über. Sie ist gern bloß und nackt, eine Frau, die sich wohlfühlt in ihrer Haut.

Ich habe Elvira bei ihren lässigen und gleichwohl ins Optimale gesteigerten Darbietungen oft genug beobachtet, in der Hoffnung, herauszufinden, was das Besondere daran sei und wie diese Frau es anstelle.

Ich konnte es nie ergründen und sah nur immer erneut, was geschah. Elvira betreibt die Inszenierung ihrer Nacktheit mit einer wahrscheinlich angeborenen und natürlichen Könnerschaft, ihr Naturell enthält das Extraordinäre, und gerade weil die gebannt zuschauenden Männer nie genau wissen, wird ihnen das Höchste an Natur oder die raffinierteste Kunst geboten, geraten sie in eine Erregung, die aus jedem Manne einen besinnungslos zahlenden Kunden macht.

Wenn Elvira dann von der Scheibe abgeht und dafür ihr lila Laken aufrafft, entbietet sie ein vorerst letztes Mal den kahlen Gruß der tiefen Verbeugung, und ihr Abgang entschlüsselt das ganze Geheimnis, die Länge ihrer Glieder gibt den Bewegungen etwas Kindliches, Unbeholfenes und Unschuldiges, das im direkten Gegensatz zur ungeheuren Schamlosigkeit der Anpreisung steht.

Diese Mischung ist es, die Elvira zur größten und wirksamsten Peep-Show-Nummer macht.

Es dauerte einige Zeit, bis mir klar wurde, was geschah. Elvira hat das Geheimnis der Peep-Show gelöst, vielleicht unbewußt, doch immerhin gelöst.

Sie verkaufte ihre Haut mit stärkster Freizügigkeit. Ihre Auftritte sind frei und offen, da bleibt kein Gedanke an Zurückhaltung oder Scham und die üblichen Techniken der

Verhüllung, von der die Frau stückweise und gegen Bezahlung zur Enthüllung voranschreitet. Nein, Elvira präsentiert sich den Männern mit einem Schlag. Sie verbirgt nichts und zeigt alles. Sie verwirft jedes sachte Nach und Nach und setzt sich mit den intimsten Partien geradezu provokatorisch dem grellen Licht der Öffentlichkeit und der lauernden Blicke aus, ja sie richtet jede ihrer Gesten und Rhythmen darauf ein, die Blicke zu bündeln und die optische Lust ins Unüberhöhbare zu steigern.

Ihre nackte Haut ist gar nicht nackt, sondern Verpackung. Wie die Waren immer verlockender und kaufreizanregender verpackt werden, so versteht Elvira ihre eigene Haut als wunsch-steigernde und ebenso wunsch-erfüllende Verpakkung zu benutzen.

In ihre Nacktheit gehüllt, bietet Elvira die Ware Sexualität an und erweist sich auf dem Sektor optischer Geilheit als Meisterverkäuferin. Alles was sie tut, dient einzig und allein der Hinleitung zum Zentrum. Sie bietet sich als Versprechen, als Animation, als Werbung an, für nichts anderes als für das kleine Stück Fleisch zwischen ihren Schenkeln, nach dem es die kauflüsternen Zuschauer verlangt und wonach sie gieren, vielleicht um so mehr, weil sie ja wissen, sie werden sich dessen nie wirklich bemächtigen können. Die verlockende, stark hervortretende, pulsierende Vulva wird sich für keinen Kunden jemals öffnen.

Elvira befriedigt geile Wünsche, indem sie sie auf die Spitze treibt und ihre Erfüllung tatsächlich verweigert.

Diese schlacksige, langbeinige, großbusige Frau ist eine meisterliche Animateurin, eine Gauklerin, die die Kunst des Verkaufs von gar nichts perfektioniert, Indem sie etwas anpreist, das Warencharakter hat und also gebraucht werden müßte, um seinen vollen Wert zu realisieren.

Elvira steigert den Preis, indem sie den Gebrauchswert auf Null senkt. Ihre Werbemittel sind ihre Haut und ihre Genialität. Sie zeigt sich vor, kassiert ab und läßt Scharen von Betrogenen zurück, die nicht einmal merken, wie sehr sie geleimt worden sind. Sie erzeugt eine Suggestion, in der die Proportionen von Geben und Nehmen aufgelöst werden. So stark wirkt die nackte Elvira-Haut als PR- und Werbemittel, daß ihr Angebot sich selbst genügt und ein wirklicher Erwerb gar nicht mehr erwogen wird.

Elvira ist Werbung in Vollendung. Zweck und Ziel eines Verkaufs, der vorgespiegelt, in Wahrheit aber nie beabsichtigt sein kann.

Besuch bei einer Feministin

Nachdem Mani Lubitsch die letzte Kassette Theas angehört hatte, rief er Jandell an, erreichte ihn aber erst am frühen Nachmittag in dessen Wohnung. Der Kommissar war die vergangene Nacht nicht ins Bett gekommen und klang grämlich.

Mani versprach ihm ein Weckamin, das ihn auf die Füße bringen werde und berichtete dann, was er von Rebekka gehört hatte, wonach eine Frau, die mit einem Mann von der Lufthansa verheiratet sei, irgendwas im Schilde führe. Er verwies auf Neumeier, ihren Verbindungsmann zu den geheimen Diensten, der was von feministischen Gefahren geäußert hatte, und wenn Thea nun von dieser Elvira berichte, der Ehefrau eines Flugkapitäns, die öfter als Aushilfe in der Peep-Show auftrete, so habe man jetzt endlich die erste heiße Spur.

Die Nachricht brachte den Kommissar auf die Beine. Seine Stimme klang nicht mehr verschlafen, als er antwortete.

Sie verabredeten sich miteinander, eine knappe Stunde später klingelte Mani in Sachsenhausen bei Jandell, sie fuhren in Lubitschs Wagen nach Dietzenbach, wo Elvira wohnte.

Elvira hieß mit ihrem richtigen bürgerlichen Namen Lilo Preis. Während der gemeinsamen Anfahrt instruierte der Kommissar Mani über das, was er inzwischen telefonisch herausgebracht hatte. Er beschränkte sich auf die persönlichen Daten. Polizeilich war die Frau bisher nicht aufgefallen. Auch der BKA-Computer gab keine Hinweise.

Sie parkten den Saab in der Nähe und gingen bis zum Haus zu Fuß. Es handelte sich um das mittlere Gebäude einer Dreiergruppe, ziemlich neu und deutlich über dem einfallslosen Durchschnitt.

Das Obergeschoß war im kühnen Schwung über das Untergeschoß gezogen und mit Edelhölzern verblendet. Die Bewohnerin, die auf ihr Klingeln hin öffnete, erwies sich als große, stattliche Frau mit einem freundlichen, offenen Gesicht. Der Kommissar wies seine Marke vor. Als er Lubitsch vorstellte, sagte die Frau einfach:

»Aber ja, wir kennen uns doch von der Show. Das ist Jürgen.«

Mani hatte die Frau als Elvira einige Male gesehen, aber nicht besonders beachtet. Daß sie ihn gleich erkannte, wunderte ihn nicht, allerdings schien die Frau noch mehr zu wissen, was den Verdacht der beiden bestärkte.

Nach einem längeren Geplänkel nannte Frau Preis dem Kommissar eine Telefonnummer. Jandell rief die Nummer an. Das Telefonat war kurz.

»Es tut mir leid«, entschuldigte er sich, »unter diesen Umständen ist unser Besuch bei Ihnen überflüssig gewesen.«

Frau Preis nickte belustigt und brachte ihre Besucher zur Tür. Während der Rückfahrt informierte der Kommissar Lubitsch darüber, daß Elvira alias Frau Lilo Preis für den Verfassungsschutz arbeite.

»Heißt das, es handelt sich um eine eingeschleuste Agentin?«

»So kann man es sehen. Genau gesagt ist sie eine Informantin.«

»Sowas wie unsere – Ihre Thea?«

»Ja.«

»Thea berichtet aber, daß Elvira sich mit außergewöhnlicher Begeisterung produziere –«

»Vielleicht macht es der Dame Spaß, ihren Job mit privatem Lustgewinn auszuführen. Schließlich geht das manchmal auch einem gewissen Herrn so.«

Lubitsch biß sich auf die Lippen. Am meisten ärgerte ihn die Erfolglosigkeit ihrer Bemühungen. Da glaubten sie endlich ein Indiz gefunden zu haben und stießen auf eine Agentin der eigenen Seite.

Sie kamen überein, Thea nichts davon mitzuteilen. Jandells Erwartung, durch Theas Kassetten etwas zu erfahren, sank auf den Nullpunkt. Allerdings widersetzte er sich Manis Vorschlag, Thea abzuberufen, weil er meinte, es könne ja noch immer was Nützliches herausspringen.

Lubitsch fuhr Jandell vors Präsidium, dann fuhr er in die Kaiserstraße, wo er Jeff mitteilte, er werde ab sofort nicht mehr hier arbeiten.

»Das müssen Sie Herrn Leukert sagen!« antwortete Jeff mißmutig.

»Sagen Sie's ihm«, antwortete Mani kurz angebunden

und ging zu seinem Wagen zurück, der im Halteverbot stand.

Unter dem Scheibenwischer steckte eine Anzeige. Er zerriß das Papier und warf es achtlos zu Boden. Als er einsteigen wollte, stand die Politesse neben ihm und zischte ihn an.

Er achtete nicht darauf und fuhr weg.

Ohne es wirklich zu wollen, befuhr er die Eschenheimer Landstraße stadtauswärts. Als er es gewahr wurde, näherte er sich der Hügelstraße und bog gewohnheitsgemäß nach rechts ab und gleich darauf nach links auf die beginnende Stadtautobahn Richtung Bad Homburg, Oberursel, Feldberg.

Es war ein klarer, wolkenloser, warmer Frühsommertag mit verhältnismäßig wenig Verkehr. Lubitsch gab Gas und nahm die ersten Kurven der Autobahn mit überhöhter Geschwindigkeit. Obwohl die Strecke voller eingebauter Gefahren steckte, gab es keine Geschwindigkeitsbegrenzungen. Statt dessen durfte man in der entgegengesetzten Richtung, die relativ ungefährlich verlief, nicht über 120 km/h gehen.

Mani behielt die überhöhte Geschwindigkeit während der Fahrt zum Feldberg bei. Die Straße trug den Namen Kanonenstraße, was Mani wie immer beschäftigte. Wahrscheinlich heißt sie deshalb so, weil ich meist eine Kanone bei mir trage, dachte er. Der Gedanke belustigte ihn noch, als er den Wagen abstellte, die Tür des Hauses aufschloß, die Treppen zu seinem Obergeschoß hochstieg, seine Wohnungstür aufschloß, eintrat und eins über den Schädel gezogen bekam.

»Kanonenstraße . . .« hörte er sich sagen, und das war das vorerst Letzte, das er hörte.

Theas 6. Bericht

An manchen Tagen werde ich selten, an anderen öfter in der Solokabine verlangt. Ich bemühe mich, meinen gereizten Zustand nach Möglichkeit zu verbergen.

Das schlechte Verhältnis zu Monik steigert mein Übelbefinden. Es kostet viel Kraft, und in meinem allgemein herabgeminderten Zustand hab ich die einfach nichts übrig.

Dann gestehe ich mir ein, Monik und ihre Feindschaft gegen mich ist nur das Tüpfelchen auf dem »i« – in Wahrheit gelingt es mir nicht, den Job auf die Dauer durchzustehen. Die drei Minuten in der Solokabine dehnen sich zur Ewigkeit, es ist so enervierend, wie ich es nur ganz am Anfang empfunden habe. Alle meine mühsam erworbene Routine scheint mir verloren zu gehen, ich fühle mich wie die blutigste Anfängerin.

Ich bemühe mich, den Kunden nicht ins Gesicht zu blicken, weil ich fürchte, die Stärke meiner Abneigung zu verraten. Das Ekelgefühl, das mich beherrscht, richtet sich gegen den Besucher, der mich für die Solovorführung bestellt und bezahlt.

Vielleicht leiste ich mir ein solches Ausmaß an Abscheu auch nur, weil ich das Geld, das ich einnehme, nicht wirklich brauche. Wäre ich darauf angewiesen, zügelte ich mich stärker.

Als ich spüre, wie mein Abscheu in blinden Haß umschlägt, rufe ich mich zur Ordnung. Es ist wahr, ich bin für diese mich lüstern anstarrenden Männer ein Sexualobjekt, doch ich bin für sie zugleich auch nur ein Lust-Ersatz, und ich finde alle Kunden erbärmlich.

Das Wort »erbärmlich« geht mir immer im Kopf herum, während ich in der Solokabine mich abzapple und offeriere.

Du mußt zwischen den einzelnen Kunden unterscheiden, sage ich mir, sonst wächst in dir eine ungerechte Verachtung aller Männer.

Meine Beschwichtigung nutzt wenig, wenn mich ein Besucher seinerseits mit dem Ausdruck äußerster Verachtung mustert. Oft sind das Herren aus besseren Kreisen, gut gekleidet, fast möchte man sagen, sie machen einen distinguierten Eindruck, doch in der Kabine lassen sie sich gehen. Sie bestellen das Mädchen ihrer Wahl und starren es dann voller Widerwillen an. Ich weiß, daß sie sich damit nur gegen sich selbst schützen wollen, der Ausdruck des Widerwillens zeigt, daß ihnen das mißlingt.

Sie verachten weniger das sich nackt darbietende Mädchen als vielmehr sich selbst für den Wunsch, das Mädchen so zu sehen. Sie sind geschockt, daß sie diesem Wunsch nachgaben und müssen gegen ihren eigenen Widerwillen ankämpfen.

Manchmal zeigt der Kunde weniger Verachtung als Entsetzen. Meist geschieht es beim ersten Mal. Der Mann hat sich zwar entschlossen, das ausgewählte Mädchen in die Kabine zu bestellen, doch damit ist seine Willenskraft am Ende.

Die Vorstellung dessen, was geschehen würde, stößt mit

dem, was nun wirklich geschieht, zusammen, und der Eindruck des Erbärmlichen entsetzt den Mann.

Manche verlassen fluchtartig die Kabine, und ihnen gehört meine Sympathie. Das geschieht allerdings sehr selten. Meist verstehen die Kunden, den ersten Schock zurückzudrängen. Sie finden dann bald Gefallen an der Solo-Vorführung. Da ich mir nicht vorstellen kann, daß es ein erotischer oder sexueller Reiz ist, den sie dabei finden, meine ich, es hat mit dem Verhältnis zwischen Herrn und Sklaven zu tun.

Daß sich ein Mann für ein paar Silbermünzen ein nacktes Mädchen vorzuladen vermag, stachelt seine Macht-Lust an. Er hat, durch Zahlung eines Fünfmarkstücks, Gewalt über eine nackte Frau, die sich für ihn bewegen muß, denn er hat sie und ihre Bewegungen auf Zeit eingekauft.

Außerdem darf er sich der entblößten Frau gegenüber auch seinerseits entblößen. Das ist reichlich viel für wenig Geld. Mag er denken, der Kunde.

Mit der Zeit finde ich mich wieder ab mit der Solokabine. Doch ich vermeide es, dem Kunden in die Augen zu sehen. Zuerst vermied ich es aus Scham und Verlegenheit. Dann aus Verachtung und Haß. Deren Entdeckung wäre mir unangenehm.

Ich beobachte scharf, analysierend und kalt. Lasse ich den Besucher das sehen, verrate ich mich damit. Er fühlt sich provoziert und ertappt. Ich kann die Feindschaft, die in meinen Augen sitzt, nicht mehr tarnen. Deshalb blicke ich nicht hin. Ich suche mir einen Punkt seitlich vom Besucher, wo hinzusehen unverfänglich erscheint.

Oder ich sitze mit gesenkten Augen da, wie eine beschämte Jungfer. Das wirkt oft recht stark und gefällt den meisten Männern. Sie ahnen nicht, wie es wirklich ist. Ich begreife immer deutlicher, wie wenig das eine Geschlecht vom anderen weiß.

Birgit wird von einem Orientalen in die Solo-Kabine bestellt. Der Mann ist sicher zum ersten Male da. Vielleicht hat er sich hierher nur verirrt oder etwas anderes erwartet.

Der große, stattliche Besucher erträgt den Anblick der nackten Frau nicht. Schaut starr zur Wand. Versucht es erneut. Jedesmal, wenn er Birgit voll ansieht, bekommt er einen hysterischen Lachanfall.

Birgit versucht mit ihm zu scherzen, um ihm seine Befangenheit zu nehmen. Sie fragt, ob sie ihm nicht gefalle. Er kichert unsicher.

Sie zeigt ihm ihre Schönheiten.

Er kichert noch lauter.

Jetzt wird Birgit ärgerlich und beginnt zu schimpfen. Ihr ist sowas noch nie passiert. Wir stehen alle auf und blicken neugierig in die Kabine.

Der Orientale krümmt sich in einem Lachkrampf. Sein Gesicht ist verzerrt. Ein wildes Gelächter, das umkippt zur Hysterie. Endlich verläßt der Mann fluchtartig die Kabine. Er springt förmlich davon, die Tür schlägt laut hinter ihm zu.

»Der Mann paßt nicht in unsere modernen Zeiten!« sagt Birgit sachlich, »er ist der Zivilisation nicht gewachsen! Oder er ist nicht ganz normal.«

Ich meine, dieser weithergereiste Besucher hat sich mit all seinem hysterischen Gelächter völlig normal benommen. Verrückt sind die anderen.

Mit dem Orientalen würde ich gern reden. Aber wahrscheinlich spricht er nur einen besonderen heimatlichen

Dialekt. Arabisch aber kann ich gar nicht. Nicht ein Wort. Leider.

Am übelsten sind die Männer, die zu uns kommen wie Besucher in den Zoo. Ich gebe zu, wir sind argwöhnisch und überempfindlich. Beim kleinsten Zeichen von Geringschätzung gehen wir steil an die Decke. Wir stecken voller Minderwertigkeitskomplexe bis zur Halskrause, die wir gar nicht tragen bei unserer Nacktheit.

Manche Peeperinnen stumpfen in kurzer Zeit soweit ab, daß sie gar nicht mehr reagieren. Sie bringen nur noch eine Regung zustande: Verachtung des Kunden. Jemand, den ich verachte, kann mich nicht verletzen.

Wir werden von den Hohlköpfen dafür bezahlt, daß wir ihr stumpfes Anglotzen aushalten. Mir fällt ein, daß wir sowas wie Irrenwärter und Irrenärzte in einer Person sind. Unser Angebot lockt die seelisch Deformierten und Sexualkrüppel aus der Masse der Normalen heraus. Wir ziehen mit diesen Peep-Shows die Geschädigten und Psychopathen der Nation an, und indem wir uns ihnen ausgezogen präsentieren, besorgen wir ihnen den geschlechtlichen Stuhlgang. Unsere Nacktheit ist der Fetisch, darauf stehen sie. Unfähig dazu, sich in eine Frau oder einen Mann oder sonst ein Lebewesen zu verlieben und in dieser Liebe zu leben und sich zu bewähren, schleichen sie in die abgedunkelten, vom vielen nutzlos verschleuderten Samen angesäuerten Glotzkabinen, um ihre sexuelle Notdurft zu verrichten.

Wir verkaufen Erektionsbeihilfen für Schwänze, die es

nicht mehr richtig schaffen, weil sie sich zu schlappen Anhängseln kranker Köpfe haben degradieren lassen. Unser Publikum besteht zum Großteil aus den Wegelagerern einer Kultur, die ihren Namen nicht verdient und längst dabei ist, sich zu verkrümeln.

Nach dieser Entladung ist mir wohler. Gütiger Himmel, wenn ich diesen Job für immer ausüben müßte wie die anderen Mädchen. Ich bin hier, um einem Messerstecher auf die Spur zu kommen, einen Mord aufklären zu helfen. Manchmal ist mir zumute, als könnte ich selbst einen von diesen lächerlichen, widerwärtigen Männern killen.

Weit hab ich es gebracht, weil mir sonst nichts so zuwider ist wie Gewalt. Ich rege mich über die psychisch Deformierten auf und bin selbst ein Seelenkrüppel.

Ausgerechnet meine Gegnerin Monik hilft mir, aus meinem Wutstau herauszufinden. Sie hat dafür eine Anzahl Sprüche parat, oft benutzt, oft bewährt.

Einer lautet: Die feinen Herren sind immer die perversesten. Oder: Der teuerste Anzug und kein Schwanz in der Hose. Oder: Kein Stäubchen auf dem Jackett, aber Dreck auf der Seele. Oder: Je blanker einer seine Stiefel putzt, desto lieber möchte er dir damit in den Arsch treten.

Und dann vergessen wir all unsere Frustrationen und den blinden Zorn auf die Glotzer, weil es ein paar nette Besucher gibt. Stammgäste wie den »Opa«, der trotz seiner siebzig Jahre regelmäßig erscheint und meist Sekt, Pralinen oder gebratene Hähnchen reinschickt.

Da er sich schämt, verlangt er, daß der Vorhang geschlossen wird. Er will nicht gesehen werden, während er sich die Vorführung ansieht.

Wir kennen ihn alle. Sein Privileg besteht darin, daß jede von uns ihn gut behandelt.

So erwidern wir seine Freundlichkeit.

Der Opa ist eine Ausnahme.

An die Masse der Kunden verschwenden wir keinen Gedanken. In glücklichen Tagen gelingt es uns, sie völlig zu ignorieren.

Die Peep-Show als Anstalt für bezahlte Blicke ist zugleich der Grund dafür, daß die Außenwelt mit Verachtung auf uns herunterblickt. Neben unserem Haus ist eine Kneipe, in der wir nicht bedient werden. Der Besitzer der Kneipe und seine Kellner stufen uns ein als Amüsiermädchen, die nicht einmal der bezahlten Gastlichkeit würdig sind.

Die meisten Männer, die in die Peep-Show kommen, nehmen an, und dies ganz selbstverständlich, wir seien käuflich.

Wer für kleine Münze seine Haut verkauft, macht auch für mehr Münzen die Beine breit, schlußfolgern sie in der ihnen eigenen verqueren Logik.

Ein braungebrannter, leger gekleideter Mann um die vierzig bestellt mich zum Solo.

Er fragt, ob ich ihn wiedererkenne. Er sei schon Anfangs des Monats dagewesen.

Ich erinnere mich nicht an ihn. Ich kann mich gar nicht an ihn erinnern, denn ich blicke nicht in die Gesichter. Wenn aber doch für einen Moment, dann nehme ich das Gesicht nicht wahr.

Der Mann erzählt von seinen Geschäften, die ihn zwischen Paris und Bali hin– und herpendeln lassen.

Er besitze ein Penthouse in München.

Nachdem er die ganze Platte abgespielt hat und mich hinreichend beeindruckt glaubt, lädt er mich zum Essen ein.

Ohne meine Antwort abzuwarten, wirft er ein Armband aus Bali und seine Visitenkarte über die Trennwand.

Immerhin besitzt er Stil genug, um mich nicht zu drängen.

Ich zeige den anderen Mädchen das Geschenk.

Christa meint: »Naja, essen gehen kannst du ja mit dem . . .«

Zwei Tage später ist er wieder da.

Es sei schade, sagt er, daß ich keine Zeit hätte. Er habe zwei sehr schöne Brillantstecker neu fassen lassen, die ich bekäme, wenn ich mit ihm ausginge.

Er finde es überhaupt schrecklich, daß ein so hübsches Mädchen wie ich eine solche Arbeit verrichte. Da ließe sich gewiß etwas viel Besseres finden für mich.

Man könne das besprechen. Bei seinen vielfältigen guten Beziehungen sei es nicht schwierig, mir eine angemessene Stellung zu verschaffen.

Es ist wieder die übliche Angebots-Palette. Ich hätte nie gedacht, daß diese alten Touren immer noch laufen. Die Armseligkeit des Angebots läßt auf die Armseligkeit der Phantasie schließen, und darauf wiederum läßt sich auf die Armseligkeit der ganzen Person schließen. Wie leer müssen solche Männer in ihrem Wesen sein.

Ich sage zu dem international tätigen Herrn: »Wo andere einen Charakter haben, frißt sich bei Ihnen der Wurm durch.«

Als er das richtig mitgekriegt hat, wird er wütend und blickt mich zornig an.

Ich beachte das nicht weiter und bewege mich mit der gewohnten Routine.

Nachdem er gegangen ist, verspüre ich Befriedigung darüber, daß ich ihn so grob habe abfahren lassen. Doch dann schäme ich mich des Gefühls der Befriedigung. Ich bin ziemlich weit unten angelangt mit meinem Verhalten, in einer psychischen Tiefebene. Ich hab mich jetzt so mies werden lassen wie der Besucher mit seinem einfältigen, leicht durchschaubaren Angebot.

Ich muß da aufpassen. Außerdem muß ich an meinen Auftrag denken. Vielleicht hätte ich die Einladung annehmen und den Mann aushorchen sollen. Aber das würde sich rasch rumsprechen unter den übrigen Peeperinnen und wäre nicht gut für meine Tarnung. Keines der Mädchen geht auf solche Aufforderungen ein. Überdies, mein Ärger über die billige Anmache des Herrn ist die eine Sache, ob man ihm wirklich zutrauen sollte, als Messerstecher aufzutreten, ist eine ganz andere. Als Gewalttäter kann ich mir diesen hartnäckigen Besucher nicht vorstellen.

(Anmerkung für den Kommissar: Lieber Jandell, der Fall dieser ausgeschlagenen Einladung, die ja nur eine aus einer ganze Reihe ist, gibt mir zu denken. Wäre es tatsächlich für meinen Auftrag wichtig, einzelne Leute, die hier aufkreuzen, auch außerhalb der Show im Auge zu behalten und auszuhorchen? Wie ich gegen Ende des hier eben auf Band gesprochenen Berichts anfügte, kollidierte das mit meiner Rolle als Durchschnitts-Peeperin und erweckte das Mißtrauen der Kolleginnen.

Bei der Gelegenheit: Wenn ich mich richtig erinnere, hab ich Dir ausführlich dargelegt auf verschiedenen Bändern, daß es uns unmöglich ist, alle Kunden aufmerksam zu betrachten und uns etwa gar noch deren Gesichter einzuprägen – als Show-Girl verkraftet man das nicht. Hätte ich mich, für meine besondere Aufgabe, doch dazu zwingen müssen? Ich soll hier Dein Auge sein und Dein Ohr – hinter den Kulissen kann ich das ja einigermaßen schaffen, da beobachte und lausche ich, wo es nur angeht, die einzelnen Kunden jedoch habe ich meist behandelt und betrachtet, wie es die Peeperin tut: als gesichtslose, anonyme Masse.

Möglicherweise hab ich dadurch eine Menge Möglichkeiten verschenkt, ich glaube auch nicht, daß ich hier prinzipiell noch etwas ändern kann, aber die ganze Geschichte gibt mir jetzt sehr zu denken.

Sag mir bald, wie Du diesen Aspekt beurteilst.

Grüße für Dich. Thea)

Inzwischen habe ich einige Stammgäste, die ganz auf mich fixiert sind. Muß ich auf die Scheibe, warten sie brav und geduldig, bis ich wieder Zeit habe für die Solo-Kabine.

Sie stehen bei Andrang in der Schlange und bestellen keinen Ersatz für mich. Sie sind eingeschworen auf mein Fleisch. Na, wenn das kein Erfolg ist!

In guten Zeiten bilden sich vor der Solo-Kabine immer lange Reihen von Besuchern. Früher gab es, wie ich höre, nur eine einzige Solo-Box, und die Kunden-Schlange erstreckte sich oft bis auf die Straße hinaus.

Am erstaunlichsten finde ich, wie diszipliniert die Besucher ihre Bedürfnisse dem Angebot anpassen. Wenn es sein muß, stellen sie sich an wie die Menschen in Not-Zeiten vor Lebensmittel-Läden. Sind jetzt sexuelle Not-Zeiten für unsere Kunden?

Es gibt Männer, die nur eine Minute lang auf die Scheibe blicken und danach die Kabine verlassen. Andere zahlen nach. Manche zahlen nicht nach, onanieren aber weiter und müssen durch den Kabinendienst aus der Kabine gewiesen werden.

In der Solo-Box verändern sich die Preise von Zeit zu Zeit. Momentan gibt es drei Minuten Solo für fünf Mark. Den meisten Kunden reichen die drei Minuten aus. Einige brauchen länger. Entweder werfen sie noch ein Geldstück ein, oder sie werden rausgeschickt von den Ordnungsjungs. Die Peeperin geht schnell ab, ist die Zeit um. Das Licht verlöscht, das Mädchen ist weg, der Kunde bleibt mit sich selbst beschäftigt. Draußen warten die nächsten Männer.

Natürlich besteht ein enger Zusammenhang zwischen Schaulust und Onanie. Meine Kolleginnen sagen es rabiat: Es sind alles kleine Wichser.

Einen nicht gerade hochgewachsenen Stammkunden habe ich, der jedes Mal in der Kabine bleibt, wenn die drei Minuten abgelaufen sind. Ich beobachte ihn genauer. Der Kleine stiert auf meine Brüste, doch wenn die Zeit um ist und ich aufstehe und mich entferne, scheint er es nicht zu bemerken. Er stiert weiter. Er sieht nicht nach außen, sondern nach innen.

Christa meint, das seien die PLAYBOY-Konsumenten. Sie drückt es härter aus: PLAYBOY-Bespritzer.

Ihrer Meinung nach gibt es ganze Generationen von Männern, die, das Playmate des Monats vor sich, masturbieren. Sie wachsen damit auf und fallen ihr Leben lang gern in die jugendliche Gewohnheit zurück.

Für diese Leute sind wir eine Steigerung der Glanzpapier-Gespielinnen. Immerhin sind wir aus Fleisch und Blut. Das regt sie offenbar an. Nur reicht ihre Lust und Energie nicht für den wirklichen Sex. Vielleicht fehlt es ihnen auch an Anziehungskraft, Geld oder Zeit.

Normalerweise vertreiben die Mädchen jeden, der Zeit hier verbringt ohne zu zahlen, also nachzuzahlen. Sie verschwinden nach den entlohnten drei Minuten, kehren aber schnell zurück und schreien ihn an.

Hilft auch massive Beschimpfung nicht, wird der Kabinendienst geholt, der die Tür mit einem Spezialschlüssel öffnet. Meist reicht aber der drohende Ruf nach den männlichen Ordnern, und der geizige Gast verzieht sich.

Zur Gruppe meiner Stammkunden zählt ein etwa Fünfzigjähriger, Typ Studienrat.

Er erscheint stets mit Plastikaktentasche und Hut, wirft zweimal Geld ein und steckt mir einen Zehnmarkschein zu.

Er kommt nur zum Gucken, onaniert nie, verzieht das Gesicht nicht, deutet die verachtende Miene nicht einmal an, die wir nur zu oft ertragen müssen.

Im Gegenteil. Er benimmt sich nett, macht bewundernde Gesten, ohne dabei anzüglich zu werden, langsam beginnt er mir ein wenig zu gefallen.

Seit mehreren Tagen habe ich geschwollene Mandeln und trage einen Schal. Besorgt erkundigt sich der Studienrat nach meiner Gesundheit. Das wird ja direkt ein freundliches

Verhältnis, denke ich und überlege, was der Mann eigentlich davon hat.

Immer wieder fragen Gäste, wieviel man denn im Ganzen koste. Sie versuchen es stets von neuem.

Manche Männer möchten die Trennscheibe entfernen.

Christa hat für sie eine Auskunft bereit: Unten sei ein Knopf angebracht. Wenn sie den drücken, gehe die Scheibe weg. Sie fallen drauf rein und sind ganz verzweifelt, wenn es nicht geschieht.

Die Mädchen amüsieren sich sehr über die Reingefallenen. Viele Kunden nehmen an, uns mache die Arbeit Spaß. Christa wurde von einem Besucher gefragt, weshalb sie sich nur flüchtig streichle und nicht richtig anfasse, ob sie die allzu starke Erregung fürchte.

Offensichtlich war der Mann überzeugt, unsere Vorführung bringe uns tatsächlich in Fahrt.

Christa antwortete dem Frager, sie platze fast vor Erregung und müsse sich bremsen, weil sie sonst bei gut vierzig Solos täglich den ständigen Orgasmen physisch einfach nicht gewachsen sei. Als Christa das anschließend im Ruheraum erzählte, platzen die Kolleginnen fast vor Lachen. Die Vorstellung, das Peepen heize uns sexuell auf, ist so grotesk, daß man nur mit herzlichem Gelächter darauf reagieren kann.

Jeden Abend um 23 Uhr kehrt die große Ruhe ein.

Flaschen werden abgeräumt, die Vorhänge geschlossen, der Geschäftsführer kontrolliert die Räume. Von den Mädchen wird er Heini genannt.

Es wird abkassiert.

Die Mädchen sagen, Heini könne sehr unangenehm werden, wenn etwas nicht klappt oder jemand sich falsch verhält.

Zu mir ist Heini sehr höflich.

Einmal verspäte ich mich zu Schichtbeginn. Heini schickt Jeff, den Manager zu mir, der mich laut anblafft.

Ich nehme mir vor, mich nie wieder zu verspäten. Ich kann weder das Anblaffen vertragen noch die eisigen Blicke der Kolleginnen.

Über Verspätungen regen sich alle fürchterlich auf, weil dann die anderen öfter auf die Scheibe müssen. Verspätung ist absolut unkollegial. Hier ist der Punkt, wo Feindschaften beginnen.

Das fehlte mir noch. Keineswegs will ich Aggressionen auf mich ziehen. Ich hab schon genug zu tun, wenn ich meinen Platz hier halten und für die notwendigen Beobachtungen nutzen will. Der Job ist wahrhaftig schwer genug. Ich bin heilfroh, wenn ich diese ganze komplizierte Geschichte endlich hinter mir habe.

Im Clinch

Das erste, was Manis Ohren wieder vernahmen, war das Rauschen eines Baches.

Er fühlte sich wohl, es ging ihm gut, nur summte ihm eine Biene um die Ohren.

Er versuchte sie abzuwehren, schlug mit der Hand danach und wurde gestochen.

Der Schmerz durchfuhr ihn fürchterlich. Das Rauschen verstärkte sich, offenbar rauschte kein Bach, sondern der Straßenverkehr. Doch der war es auch nicht, sondern Lubitschs Kopf, der außerdem noch schmerzte von dem Stich der verdammten Biene. Da begriff er, es gab keine Biene und keinen Bach und keinen Straßenverkehr. Er riß die Augen auf und erblickte den Wahnsinn vor sich.

Der Wahnsinn wog zweieinhalb Zentner, die in einem Sessel ruhten.

»Marik Küpper«, stöhnte Lubitsch, »ich verspreche, dafür werden Sie zahlen.«

»Ich zahle schon immer, Lubitsch.«

»Diesmal werde ich bei Ihnen abkassieren.«

»Kleiner Scheißer Mani Lubitsch, Schreiberling, Schatzsucher, dilettierender Detektiv, unzulänglicher Bullenhelfer.«

»Marik Küpper, Lyriker der Unterwelt.«

»Klappe halten!«

Küpper stieß mit dem Schuh gegen den Liegenden. Die Berührung drang als sich fortsetzendes Erdbeben durch den gefesselten Leib. Mani stöhnte.

»Aufhören, mir kocht die Scheiße im Kopf!«

»Bald wird dir das Gehirn kochen.«

»Und was wollen Sie von mir?«

»Nichts.«

»Für nichts treiben Sie einen reichlich großen Aufwand.«

»Du hast gedacht, du kannst dich mit Rebekka verbünden, wie?«

»Das weiß ich doch –«

»Was weißt du, Kleiner?«

»Daß Sie Rebekka brauchen.«

»Und wofür soll ich sie brauchen?«

»Um ein wenig menschlichen Schmerz zu empfinden.«

»So wie du jetzt, ja?«

Wieder stieß der Fuß gegen den gefesselten Lubitsch. Es tat scheußlich weh, weil der lädierte Schädel jede Berührung vergrößerte und vergröberte.

»Kann ja sein, Lubitsch, daß Rebekka Ihnen einiges flüsterte, doch es wird nicht reichen, mich ans Messer zu liefern.«

»Das hier wird schon reichen.«

»Was meinen Sie? Etwa die Kleinigkeit meiner Einmischung in Ihre inneren Angelegenheiten? Aber Lubitsch, Mann der Bullen, wer wird Ihnen wohl abnehmen, daß ich, Marik Küpper, Ihnen höchstpersönlich eine liebevolle Abreibung verpaßte? Kein Mensch wird Ihnen sowas glauben. Und beweisen läßt sich's nicht. Zumal ich danach von hier verschwinden werde und Sie auch verschwunden sein werden. Aber gewiß doch, Sie erhöhen die Zahl der Verschwundenen auf dieser schönen Welt um eine einzelne Figur, und niemand wird wissen, wohin Sie verschwunden sind.«

»Wie der Tote hinter der Tür von Leukerts Peep-Show verschwunden ist?«

»Gewiß, ich schulde Ihnen noch eine Aufklärung. Also ich weiß wirklich nicht, wer die Leiche wegbrachte und wohin.«

»Aber Sie leugnen nicht mehr, daß es Ihre Leiche ist.«

»Ja. Es ist meine Leiche. Ich sorgte dafür, daß ein Mörder ermordet wurde. Ist das so schlecht?«

»Sie siezen mich ja plötzlich!«

»Aus Respekt vor dem bevorstehenden Ende Ihrer Tage, Lubitsch. Um aber zu unserer noch nicht abgeschlossenen Überlegung zurückzukehren, darf ich Ihnen versichern, ich wollte weder den Tod des Mädchens noch den des Mannes. Der Mann war selbst daran schuld. Ich habe das genau überprüft. Der Mann gehörte zu einer Gruppe von, nun sagen wir: Gelegenheitsarbeitern. Sie würden es vielleicht anders nennen . . .«

»Terrorgruppe?«

»Ganz wie Sie wünschen, Lubitsch. Jedenfalls führte er gewisse kleine Aufträge aus, für mich, gegen Leukert. Nicht, daß Sie etwa annehmen, ich hätte mit dem Kerl verhandelt, ich spreche nie mit diesen Leuten, ich arrangiere das nur. Der Mann hatte den Auftrag, Leukert lästig zu werden. Und was tut der Idiot? Versucht sich als Erpresser und bringt, um dem Nachdruck zu verschaffen, so ein Mädchen um. Begreifen Sie, daß ich den Mann dafür bestrafen mußte?«

»Gewiß.«

»Sehen Sie, so ist das in unserm Gewerbe. Man verstößt vielleicht mal gegen dieses und jenes Gesetz, doch in der Not sorgt man für Gerechtigkeit.«

»Wieso verschwand die Leiche des Erpressers?«

»Das ist es ja, was mir Sorge macht. Ich darf vielleicht nicht davon ausgehen, daß Sie, Lubitsch, in mir einen Gentleman sehen, doch Sie dürfen mir ruhig glauben, wenn ich versichere, daß ich die Leiche nicht verschwinden ließ. Überlegen Sie mal, weshalb hätte ich das tun sollen, wenn ich den Toten doch erst dort niederlegen ließ, genau an der Stätte seines unfrommen Wirkens?«

»Ja«, gab Lubitsch zu, »da ist was dran. Das merkt selbst so ein Kleinsthirn wie das Ihre.«

»Und ob da was dran ist, Mani!«

Es klang fast zärtlich, wie Küpper den Vornamen seines Opfers aussprach. Es war das Kitzeln des Messers, das die Kehle berührt.

»Schönen Dank auch für die Informationen«, würgte Mani hervor. »Nur bleibt mir unklar, weshalb Sie sich in meinem Falle selbst so außerordentlich bemühen.«

»Ja«, gab der fette Mann zu, »das kann man schon außerordentlich nennen.« Er erhob sich schnaufend aus dem Sessel, und in der Bewegung gewann er die Behendigkeit zurück, die Mani schon erstaunte, als er ihn in seiner Behausung aufgesucht hatte.

Küpper verabreichte Lubitsch mit der Hand eine Anzahl Backpfeifen. Er schlug im Wechsel mit der Innen– und Rückhand, ohne viel Gewalt, nur so, daß es ausreichte, Lubitschs Kopf hin und herzustoßen. Der Schmerz kam von tief innen und brach rasend nach draußen durch.

»Sehen Sie, Bullenfreund, ich hab Ihnen einen Verstärker eingebaut. Ich brauch nur noch, so, ein wenig zu pusten, und schon hören Sie die Englein singen.«

»Und weshalb sind Sie gar so sehr daran interessiert, Leukert zuzusetzen?« fragte Mani in der Hoffnung, seinen Peiniger von weiteren Schlägen abzuhalten.

Der fette Mann hielt inne.

»Warum? Mann, weil wir uns im Laufe der Zeit daran gewöhnten. Das Leben wird sonst eintönig, kapiert?«

»Das soll der wahre Grund für Ihren Streit sein? Das glaube ich nicht.«

»Warum nicht? Weil Rebekka Ihnen einen Floh ins Ohr setzte?« Küpper blickte Lubitsch betrübt an. »Wie kann ein erwachsener Mann nur so auf eine kleine Nutte reinfallen!«

Wieso bin ich reingefallen auf Rebekka, dachte Mani verwundert. Da kamen die nächsten Ohrfeigen, und er hörte auf zu denken.

»Hat Sie's dir schön gemacht, ja?«

»Jetzt gehen Sie wieder zum du über . . .«

»Egal ob du oder Sie, du wirst jetzt singen. Einverstanden?«

»Ja.«

»Das finde ich nett von dir, mein Vögelchen.«

Küpper richtete sich auf, leckte sich die wulstigen Lippen und begann zu lachen.

»Als ob ich von dir irgendwas zu erfahren brauchte«, sagte er.

Der fette Mann hob die Hand, das Telefon läutete.

»Erwartest du einen Anruf?«

»Nein.«

Küpper ging zum Telefon, zögerte, nahm den Hörer ab, sagte: »Ja. Ich bin noch hier.«

Er lauschte, sagte noch einige Male »ja« und legte auf.

Danach kramte er in der Küche herum und kam mit einer Rolle zurück, von der er die gelbe, mattglänzende Nylonschnur abspulte, mit der er Lubitsch auf dem Fernsehsessel so lange umwickelte, bis der sich keinen Millimeter mehr bewegen konnte.

Er schob den Sessel mit dem verschnürten Paket ans Panoramafenster. »Damit du in deinen letzten Stunden noch etwas von der schönen Natur draußen erblicken kannst, Mani!«

Ein paar letzte Backpfeifen trommelten auf das Gesicht Lubitschs, dann stampfte der fette Mann fort. An der Tür wandte er sich nochmal um:

»Ich komme heute noch wieder, und dann wirst du spurlos verschwinden, und niemand wird wissen, was aus dir geworden ist, Freundchen, dein Kommissar auch nicht.«

Allein zurückgeblieben und zur vollkommensten Reglosigkeit verdonnert, ganz als wäre sein Leib aus totem

Material, saß Mani festgeschnürt und rief und schrie sich die im Laufe vieler Jahrzehnte eingeschwärzte Raucherlunge aus dem Leibe in der schönen luftigen Hoffnung, die anderen im Hause würden ihn hören.

Soviel und so laut er auch dröhnte, niemand hörte ihn.

Der Bungalow gehörte einem Zoologen, der die meiste Zeit seines unruhigen Lebens in anderen Ländern und fernen Erdteilen verbrachte. Seine Frau wiederum hielt sich meist in Parterre auf. Das mittlere Stockwerk war in Abwesenheit des Hausherrn unbewohnt.

Im weitgestreckten Parkgarten schnüffelte der Hund umher, ein mürrisch dreinblickender Chow, der die Rufe des Gefesselten im Dachgeschoß zwar vernahm, sie jedoch mit derselben Mißachtung überhörte, mit der er alle Lebensäußerungen der Menschen ignorierte. Der Chow gehörte einer uralten Rasse an, die dem Himalaja entstammte und durch die Jahrtausende hindurch das Leben in der Ebene geringschätzte.

Der Chow lag zwischen zwei mächtigen Kieferbüschen, beobachtete träge die im sanften Winde sich bewegenden Gräser und träumte von einem saftigen Steak.

Mani bekam von vielen Rufen und Schreien kaum noch Luft. Sein verschnürter Leib klopfte vor Atemlosigkeit. Lubitsch suchte sich zu beruhigen und hielt still. Immerhin hatte der fette Mann ihm einen schönen letzten Blick auf den Feldberggipfel gegönnt.

In bläulicher Schwärze hob der Berg sich gegen den flammenden Himmel ab. Der dichte Hochwald ließ die abfallenden Hänge verschwimmen, die strengen Konturen des Berges verloren sich in diffuses Grau, und darüber hielt der wulstige Betonturm Wacht, der im Krieg allen Bomben und Raketen getrotzt hatte, ein Ungeheuer aus betonierter Standfestigkeit.

Für einen letzten Ausblick war das, was Mani erblickte, durchaus Klasse. Wer stirbt heutzutage schon noch im Angesicht von Natur. Du zählst zu den Privilegierten, Mani.

Er begann seine Zunge zu kauen vor Wut. Da kratzte etwas an der Tür, die aufging. Mani konnte nicht sehen, wer eintrat, aber die Angst vor dem fetten Küpper legte sich sofort, denn der sich nähernde Schritt hörte sich federleicht an.

Das Messer, das vor Manis Augen aufblitzte, zauberte Lubitsch den unangenehmen Geschmack von Blei auf die Zunge, doch statt in seinem Blute zu ersaufen, fühlte er sich befreit, obwohl er noch keine Kraft fand, sich zu erheben.

»Das dachte ich mir doch, daß dieses Schwein sich hier eingeschlichen hat!« sagte Rebekka.

Es dauerte einige Zeit, bis Mani ganz ins Leben zurückkehrte. Das Blut begann wieder zu pulsen, die dicken Stellen an Händen und Füßen verschwanden unter den kundigen Massagen des Mädchens.

»Eins verstehe ich nicht, Rebekka – wie konnte Küpper so einfach hier hereinkommen? Und wie kamst du jetzt so einfach herein?«

»Für einen wie Küpper gibt jede Tür schon aus technischen Vernunftgründen nach. Und ich – nun, ich war so frei, mir Küppers amerikanischen Spezialschlüssel auszuleihen, weil ich mir dachte, daß du in Not geraten bist.«

»Wo befindet sich Küpper jetzt?«

»Weiß nicht. Er hatte es sehr eilig und fuhr in die Stadt.«

»Jedenfalls danke ich dir dafür, daß du mich befreitest.«

»Keine Ursache. Ich halte zu meinen Freunden.«

»Und wie hältst du es mit deinen Feinden?«

»Sie bleiben auf der Strecke, Mani.«

Lubitsch leierte sich ächzend aus dem Sessel hoch und schleppte sich zur Couch.

Mit einem Klagelaut ließ er sich auf den Rücken fallen. Hektisch überlegte er seine Situation. Weshalb war Küpper hier gewesen? Weshalb hatte er ihn fertiggemacht, weshalb war er im letzten Moment verschwunden? Es mußte etwas in ihrem Gespräch gewesen sein, das den fetten Mann zu einem Aufschub bewogen hatte. Aber was war eigentlich gesprochen worden? Es fiel Mani schwer, sich genau an die einzelnen Worte zu erinnern.

Als Rebekka sich erkundigte, worüber er nachdenke, erzählte er ihr, was es war, und sie berieten beide gemeinsam, ohne weiterzukommen.

»Wenn Küpper seine Rückkehr angedroht hat, wird er auch zurückkommen«, warnte Rebekka, »darauf müssen wir vorbereitet sein.«

»Für solche Fälle bin ich armiert.« Mani zog eine riesige Nullacht unter der Couch hervor. In Rebekkas Augen trat ein Glitzern. Ihr Atem ging schneller.

»Damit kannst du Küppers zweieinhalb Zentner

Lebendgewicht mit Blei spicken, daß das Fleisch ungenießbar wird.«

»Und ob, Rebekka, und mit Genuß.«

Lubitsch nahm das Magazin heraus, betrachtete es, schob es wieder zurück, lud durch und entsicherte.

»Bist du nachtragend?« fragte Rebekka.

»Und ob.«

»Schön. Denn sei so lieb und knall ihn ab, sobald er in der Tür steht, ja?«

»Und ob.«

Sie blickten einander an, und die Festigkeit in ihren Augen vereinte sie wie jenes Fleisch, das Siamesische Zwillinge verbindet.

Die Nullacht in der Hand wiegend, wiederholte Mani: »Und ob.«

Alles in ihm schmerzte. Er kochte vor Wut und befand sich im Zustand wilder Entschlossenheit.

Allerdings brummte ihm der Schädel, und auch die Schmerzen in den Gliedern waren noch vorhanden. Versuchsweise kurbelte er sich hoch und durchmaß mehrmals das Zimmer.

»Kann ich was für dich tun?« fragte Rebekka.

Er sagte es ihr. Sie schwang luftig-federnd in die Küche und kam kurz darauf mit einem großen Glas ausgepreßtem Orangensaft zurück, in das sie einen Schwung Wodka goß.

Mani schüttete sich das Elexier in den Rachen. Es war zuviel Wodka und brannte im Schlund und in den Eingeweiden. Er verjüngte sich in dem Feuer und bekam rote Wangen.

Rebekka beugte sich über den auf der Couch liegenden Mani.

»Ich bot's dir schon ein paarmal an. Wenn du mich jetzt zurückweist, grenzt es an Unhöflichkeit.«

»Keine Vermischung von Pflicht und Liebe, Mädchen.«

»Und wie wär's mit ein wenig Sex?«

»Ja, ich weiß, du kommst vom Showgeschäft her.«

»Außerdem tut es gut.« Sie begann sich mit ihm zu befassen.

»Das letztemal war es erst Liebe, und dann wurde ich gefesselt. Jetzt wurde ich erst gefesselt, und dann wurde es Liebe.«

»Nicht Liebe, Mani – Sex!«

»Na schön, also dann eben Sex.«

Er war danach vollkommen erledigt. Und zehn Minuten später wie gerade dem Jungbrunnen entstiegen.

»An die Arbeit, Rebekka!«

Sie verließen sein trautes Heim und fuhren jeder mit seinem Wagen in eine andere Richtung. Denn es gab allerhand zu erledigen.

Theas 7. Bericht

Aus Berlin reist ein Mädchen an und erzählt von ihren weltstädtischen Erfahrungen. Ich mag Carola recht gern, offensichtlich hat sie Humor und eine gute Beobachtungsgabe. Es gab viele Ausländerinnen dort im Team, und die erzeugten in aller Harmlosigkeit den größten Wirbel. Eine knackige, junge Polin mit sehr wenig Deutschkenntnissen verstieß eine Woche lang gegen das oberste Peeperinnen-Prinzip und traf sich bereitwillig mit den Kunden in einer Absteige um die Ecke. Ließ sich zum Essen einladen im Steh-Imbiß in der Kaufhalle und legte sich gleich darauf mit den Peep-Show-Besuchern ins Bett.

Als sich die Kolleginnen über die ausgedehnten Mittagspausen Jankas wunderten und darüber, daß sie immer ganz erschöpft zurückkehrte, bauten sie der Polin eine Falle, und sie fing sich prompt darin.

»Stell dir vor«, sagte Carola, »wir hatten meinen Freund aufgefordert, Janka in das Stundenhotel zu bestellen, und sie ging sofort darauf ein. Als wir ihr deshalb Vorwürfe machten, sagte sie: ›Ich habe verstanden, Bett gehört dazu!‹ Unser Lockvogel, mein Freund, hatte natürlich nicht mir ihr geschlafen, aber mit den anderen hatte sie es der Reihe nach eine ganze Woche getrieben.«

Carola ist hell empört. Noch als sie mir davon berichtet, kann sie diesen eklatanten Regelverstoß kaum fassen. »Geht doch absolut gegen unsere Berufsehre«, schimpft sie, »was sollen denn die Kerle von uns denken? Eine Peeperin ist nun mal keine Prostituierte.«

»In Berlin«, erzählt Carola, »sind häufig Pärchen unter den Besuchern. Verlobt oder verheiratet, jedenfalls erscheinen Mann und Frau Hand in Hand und genießen die Darbietungen. Und besonders begehrt war dabei eine schöne Schwarze, eine Prachtfrau, verstehst du, nichts konnte sie aus der Ruhe bringen. Sie nennt sich Mara, und der Job macht ihr wirklich Spaß. Immer gutgelaunt, hilfsbereit, eine wahre Samariterin, ihren Körper bietet sie dar zum Ansehen wie ein Labsal. Natürlich freut sie sich auch übers Geld, doch nie kommen sich die Kunden bei ihr kurzabgefertigt vor. Mara ist schon ewig in der Show und büßt kein bißchen von ihrer Anziehungskraft ein. Anderthalb Zentner Erotik, begreifst du das? Sie hat eine animalische, mütterliche Sinnlichkeit, ich kenn' mich ja inzwischen wirklich gut aus in dem Metier, aber diese dunkelhäutige Frau ist ein Phänomen. Kurz ehe ich wegfuhr, hatte sie ein Ehepaar, und beide wollten sie unbedingt berühren. Mara begriff erst nicht und rief mich zum Dolmetschen. Sie spricht nur ein paar Worte deutsch. Fein, sagt sie immer, guuut, während sie sich in der Solokabine sachte dreht und wendet. Direkter körperlicher Kontakt zu den Kunden ist ja dort nicht gestattet, aber dieses komische Ehepaar wollte unsere schöne Schwarze so gern streicheln. Schließlich bot sie ihnen die Schulter und die Wade. Die beiden faßten durch die Trennscheibe, sie an die Schulter und er an die Wade, Mara schnurrte ihr: Feieiein – guuuuut – und alle drei waren glücklich.«

»Naja«, wende ich ein, »das ist eben die beliebte Legende: Schwarze sind so sexy!«

»Nur, daß es bei Mara stimmt«, erwidert Carola, »und das gehört zu ihrem Wesen, ganz harmonisch, keines von den anderen Mädchen hat ihr ihre Erfolge verübelt. Wenn Mara will, ist sie dort auf Jahre hinaus gut gelitten in der Show. Sie hat die reinste Lebensstellung und ohne sich besonders anzustrengen.«

Elvira geht mir langsam auf die Nerven, weil sie mir immerzu Komplimente macht. Offenbar hat sie meinen Körper genau studiert. Ich begreife nicht recht, was die lange Blonde damit beabsichtigt.

Birgit klagt wegen ihrer Eltern, bei denen sie wohnt und die nicht wissen, wo die Tochter arbeitet.

Daheim hat sie gesagt, sie sei in einer Elektrofirma angestellt und besuche Messen. Die vielen abendlichen Schichten erklärt sie damit, daß sie Kunden der Firma zu betreuen habe.

Morgens geht die brave Tochter meist aus dem Haus, so als müsse sie in die Firma. Will sie sich mal ausschlafen, muß sie andere Ausreden erfinden. Etwa, daß ihre abendlichen Überstunden nicht alle bezahlt würden, die habe sie abzufeiern.

Die vielen Lügen werden unserer Walküre immer lästiger.

Ausgerechnet als die übergewichtige Lea auf der Scheibe liegt, bleibt der Motor stehen. Natürlich schimpfen alle mit Lea, weil sie so fett sei. Deshalb versage der Motor. Das ist Unsinn, und wir wissen es, aber wir suchen ein Ventil für unseren Ärger, weil wir uns selber drehen müssen, steht die Scheibe still.

Das ist sehr anstrengend und reibt die Haut auf.

Nach fünf Minuten ist man in Schweiß gebadet.

Ein Mechaniker erscheint, um den Defekt am Motor zu beheben. Während wir auf der bockenden Scheibe uns abmühen, hockt er seitlich daneben und versucht, das Ding in Gang zu bringen.

Die Männer in den Kabinen müssen denken, das sei eine Sondervorführung. Der Mechaniker bastelt leise fluchend herum und schafft es nicht.

Seit drei Tagen funktioniert die Scheibe nicht, wir quälen uns ab auf dem verdammten Ding und werden immer wütender.

Wir beklagen uns bei Jeff. Er will uns einreden, es gebe viele Shows, bei denen sich die Scheibe nicht mechanisch drehe. Keines der Mädchen bestätigt das. Er bleibt bei seiner Meinung. Die Wut eint uns. Sogar meine Intimfeindin Monik verwandelt sich. Zufällig sitzen wir nebeneinander auf den Stühlen.

Monik berichtet von ihren Soloauftritten. Einer ihrer Stammkunden zieht sich aus, zündet eine Kerze an und kehrt das Verhältnis um. Nicht er schaut dem Mädchen zu, sondern das Mädchen hat ihm zuzuschauen.

Monik hat reiche Erfahrungen in dem Job, entsprechend kurios sind die Geschichten, die sie erzählt. Ich wundere mich, verglichen mit Moniks Stammkunden sind meine Dauerbesucher ziemlich normal. Wahrscheinlich liegt es am Typ, den man darstellt, jedes Mädchen zieht andere Gruppen von Männern an.

Bei mir stellen sich meist Kunden mit den üblichen Wünschen ein, nichts Außergewöhnliches. Ich weiß nicht, ob ich darüber froh sein soll.

Monik wurde am Vortag von einer Frau in der Solo-Kabine verlangt. Sie weigerte sich, reinzugehen.

Schließlich sprang Babsi für Monik ein. Die Frau war zufrieden.

Monik erweist sich den Kunden gegenüber als launisch. Sie ist schon so lange in dem Job, daß ihr alles zum Hals raushängt. Gern putzt sie ihre Besucher herunter. Neulinge kommen oft mit der Bedienung der Kabinen-Schaltung nicht zurecht. Zwar steht die Gebrauchsanweisung in mehreren Sprachen dabei, doch die Kunden lesen sie nicht. Monik schreit gleich los. Ich versuchte anfangs, es in aller Ruhe zu erklären. Bald gab ich es auf. Ich brülle wie die anderen:

»Den gelben Knopf drücken!«

Manchmal sind wir so aggressiv gestimmt, da tut es richtig gut, die Besucher anzuschnauzen.

Hat Monik ein paar von den Burschen tüchtig heruntergeputzt, ist sie stabilisiert und sitzt gelassen in der Solo-Kabine. Während sie sich mechanisch bewegt, überlegt sie eifrig, in welchen Farben sie ihr Wohnzimmer täfeln läßt, oder ob eine Tapete, die sie sah und die ihr gefällt, mit der vorhandenen Couchgarnitur zusammenpaßt.

Monik besitzt natürlich einen Videorecorder, und so ein recht teures Gerät scheint zur Grundausstattung aller Peep-Show-Girls zu gehören, darauf will keine verzichten. Darüber gibt es stundenlange Gespräche. Welches Modell besser ist, zuverlässig und leicht zu bedienen.

Es gibt auch Filme, die zur Grundausstattung gehören. An erster Stelle steht der Lieblingsfilm »Dschungelbuch«. Ich kenne ihn nicht, doch jedes Mädchen hat davon ein Video-Tape.

Monik hat eine Folge von Fassbinders »Alexanderplatz« aufgezeichnet, allerdings nur, weil sie darin eine Komparsenrolle als nackte Nutte spielt. Darauf ist sie stolz. Der Film selbst gefällt ihr nicht. Er ist ihr zu unrealistisch, schließlich sehen, doziert sie, echte Nutten nie so aufgedonnert wie in Fassbinder-Filmen aus.

Das Team stimmt zu. Den Regisseur fand Monik schrecklich, weil er immer nur dastand und Befehle erteilte. Sehr sympathisch fand sie dagegen Ingmar Bergman, der mal eine Peep-Show-Sequenz in ihrer Anwesenheit gedreht hat.

In einem Schulmädchen-Report-Film ist Monik auch aufgetreten, sie rennt mit wogendem Busen nackt durch den Wald, was ihr ganz gut gefiel, auch im Film gefällt ihr die Szene, blöd findet sie nur die Musik, die unterlegt wurde – Kuhglockengeläut. Das kam Monik reichlich lächerlich vor.

Sie war im Kino, sich den Film anzusehen. Bei der Stelle, wo sie zum Kuhglockengeläut nackt durch den Wald rennt, lachte sie und war die einzige im Publikum, die dabei lachte.

Sie erzählt das im Team. Wir lachen alle, um Monik beizustehen. Danach fällt ihr ein, beim Filmen habe man sie gefragt, ob sie in die Gewerkschaft eintreten wolle.

Christa sagt, wir sollten alle eintreten und für höhere Einkommen streiken.

Der Gedanke an einen Streik löst erneute Heiterkeit aus.

Monik meint, es gebe eine »IG Kunst«, die für uns zuständig sei. Wieder wird gelacht.

Doch, beharrt Monik, die haben eine Abteilung für Artisten und Tänzer und sowas.

Auch für Akrobatinnen? erkundigt sich Christa.

Das Thema Gewerkschaft taucht in den nächsten Tagen noch einige Male kurz auf, und dann nie wieder. Es ist nichts, was die Mädchen wirklich interessiert. Sie haben andere Probleme. Es fehlt ihnen an Disziplin und Solidarität.

Christa liegt auf der Scheibe, die endlich wieder vom Motor angetrieben wird. Unsere Hautabschürfungen verheilen langsam. Es ist Lesestunde. Manchmal reden wir, manchmal stricken alle, heute wird gelesen.

Die Lektüre der Mädchen reicht von »Meine Geschichte«

über »Die Frau« bis zum Groschenroman. Die »Neue Revue« gilt schon als gehobener Lesestoff. Den »Stern« gibt es hier gar nicht.

In einem der Blättchen wird gerade über »Peep-Shows« berichtet. Zur Voraussetzung dieser Tätigkeit gehöre eine Portion Exhibitionismus.

Die Behauptung erregt die Gemüter, denn man nimmt alles, was in diesen Zeitschriften steht, ziemlich ernst. Meine Kolleginnen haben noch nie ein Mädchen getroffen, das aus Exhibitionismus hier arbeitet. Darin herrscht volle Übereinstimmung. Nur Birgit bleibt zunächst reserviert.

Bis sich herausstellt, sie weiß nicht, was das Wort bedeutet. Nachdem es ihr erklärt worden ist, stimmt auch sie zu. Nein, nein, exhibitionistisch sei keine ihrer Kolleginnen, und sie selbst auch nicht.

Plötzlich regt sich ganz tief in mir der Verdacht, es könne doch bei einigen die Lust an der Entblößung im Spiel sein. Vielleicht will es nur keine der Frauen eingestehen. Alle behaupten, es sei nur das Geld, der relativ leichte und hohe Verdienst, der sie auf die Scheibe und zu den Solos bringe.

Das hört sich immer ungeheuer offen und ehrlich an. In Wirklichkeit gehört nicht viel Courage dazu, es einzugestehen. Mäuse machen wollen ist ein ganz legitimer Wunsch, den zuzugeben leichter ist als etwa zu bekennen, es mache einem Spaß, sich vor Männern auszuziehen.

Wenn sich eine Frau entblößt, um damit zu kassieren, so wird ihr Tun plausibel. Für nüchterne und aufgeklärte Menschen ist kaum etwas dagegen einzuwenden.

Gibt ein Mädchen dagegen zu, sich zu produzieren, bereite ihr Vergnügen, so hielte man das für unmoralisch.

Gerade in den kleinbürgerlichen Kreisen, aus denen die Mädchen stammen, denkt man allgemein so.

Natürlich legitimiert das Ziel, Geld zu verdienen, für diese Leute nicht gleich die Arbeit als Peep-Girl. Kaum eine erzählt den Angehörigen, was sie tut. Eben deshalb gibt es ja daheim die vielen Ausreden und Lügen.

Es gehört schon eine Portion Selbständigkeit dazu, in der Peep-Show aufzutreten. Aber wenn es gegen gute Bezahlung getan wird, erweist sich die Peeperin als kühl kalkulierende Geschäftsfrau. Doch noch vorhandene moralische Bedenken werden erledigt mit dem Argument, man sei durchaus keine Prostituierte, das Gewerbe besitze tänzerische, beinahe künstlerische Züge.

Also mache man recht guten Gewissens Kohle, wer räumt da schon ein, daß ihm die besondere Form von Nackttanz auch Spaß macht? Die Mädchen betonen und beteuern durch die Bank, daß ihnen der Job widerlich und verhaßt sei. Vielleicht ist das eine Schutzbehauptung, eine barmherzige Lüge sich selbst gegenüber?

Ihrer Meinung nach begänne die Unsittlichkeit erst dort, wo sie das, was sie tun, mit Lust täten. Wird, wer so denkt, sich nicht von vornherein jede Lustempfindung streng untersagen?

Ich weiß nicht recht, wie ich das alles bewerten soll. Sicher scheint mir, daß ich keine Exhibitionistin bin. Wie aber steht es dabei zum Beispiel mit Elvira? Wenn ich sie beobachte, wie genüßlich sie sich darbietet, möchte ich nicht garantieren, daß ihr das nicht ein gewisses Vergnügen verschafft.

Ich nehme mir vor, die lange Blonde aufmerksam bei der Arbeit zu betrachten. Vielleicht kann man sie auch darauf ansprechen. Mehr als ein Nein kann ich mir nicht holen, gerade Elvira wäre wegen der Frage sicher nicht beleidigt, sie erscheint mir immer sehr souverän und sicher, und an unserem guten Verhältnis würde sich bestimmt nichts ändern.

Nachwort für Kommissar Jandell:

Gestern nacht wurde bekannt, warum Elvira nicht mehr in unserem Team einspringt. Wir haben lange diskutiert, ob der Mord an ihr etwas mit ihren Auftritten in der Show zu tun haben könnte. Zwar sind alle Mädchen verängstigt, die hier arbeiten, aber schließlich bildete sich die Meinung heraus, eine direkte Verbindung zum Mord an Hanna Sonntag lasse sich in Elviras Fall nicht herstellen. Ich sehe im Moment auch keinen Zusammenhang, die Umstände des Todes sind doch ganz andere.

Es fällt mir sehr schwer, an Elvira als eine Tote zu denken. Vor allem, sie hat sich nie gefürchtet, selbst als die meisten Peeperinnen hinter jedem Schatten den Messerstecher vermuteten, der die arme Hanna Sonntag umbrachte, zeigte sich Elvira von der verständlichen Hysterie ganz unbetroffen und sprach den andern sogar Mut zu.

»Mir kann nichts passieren«, sagte sie immer, »und ihr gescheuchten Hühner reißt euch mal zusammen. Achtet nur auf die Tür. Durch gut verschlossene Türen kommen keine Messerstecher.«

Morde am laufenden Band

Lubitsch und Jandell trafen sich nach telefonischer Absprache im Capri. Mani berichtete dem Kommissar von seinen Erlebnissen. Sie sahen jetzt klarer. Der Konkurrenzkampf zwischen Leukert und Küpper, den beiden Sex-Königen, eskalierte. Einer von Küppers kleinen Agenten hatte seinen über Zwischeninstanzen erteilten Auftrag, Leukert Schwierigkeiten zu bereiten, zu einer erpresserischen Extratour ausnutzen wollen und Hanna Sonntag, die Anfängerin, umgebracht.

Weil Küpper sich das nicht bieten lassen durfte, ließ er dafür den Mörder umbringen. Inzwischen hat der Kommissar herausgefunden, der unter dem Spitznamen »Jonny« bekannte Obdachlose, der schon öfter für kleinere Straftaten angeheuert worden war, hieß in Wirklichkeit Herbert Grass, seine Leiche wurde noch immer nicht gefunden. Allerdings stieg die Zahl der spurlos Verschwundenen in den letzten Monaten außergewöhnlich an, auch die Zahl der unkenntlich gewordenen, weil abgescheuerten und verstümmelten Leichen aus der Kanalisation war angestiegen.

Die Toten befinden sich in einem grauenvollen Zustand, kommen sie endlich wieder zutage. Manche sehen aus wie durch den Fleischwolf gedreht. Jandell versuchte das einerseits mit den technischen Anlagen zu erklären, wunderte sich aber andererseits darüber. Früher seien die Kadaver nur aufgequollen und ausgewaschen gewesen, neuerdings zeigten sie umfängliche Spuren gewaltsamer Einwirkungen. Da man nicht annehme, daß ihnen diese Verletzungen noch zu Lebzeiten beigebracht worden seien, müsse es sich eben um die Folgen von Vorgängen in der Kanalisation handeln. Jandell drückte sich recht vorsichtig, wenn nicht umständlich und vage aus, doch Lubitsch war noch zu stark mit seinen eigenen überstandenen Abenteuern beschäftigt, als daß er hätte stutzig werden können.

Während sie miteinander sprachen, trat der Wirt zu ihnen, ein prächtig im Futter stehender Neapolitaner mit einer braunen Haut wie aus Leder. Der Kommissar werde am Telefon verlangt.

Als Jandell zurückkam, machte er einen zerknitterten Eindruck. Weil er stehenblieb, forderte Mani ihn auf, sich zu setzen. Jandell setzte sich, und dann brach es aus ihm heraus. Es seien in den letzten Wochen erstaunlich viele Frauen umgebracht worden. Begonnen hatte es mit drei toten Frauen in einem Haus im Rodgau. Dann entdeckte man drei abgestochene und erschlagene Frauen in einem Haus im nahen Vogelsberg. Dazu kämen fast zwei Dutzend einzelner Opfer, jedenfalls liege die Zahl weit über dem Durchschnitt. Als Mani den Kommissar fragte, weshalb er das jetzt aufzähle, antwortete Jandell, ganz einfach, weil es ein neues Opfer gebe – Lilo Preis, die frenetische Gelegenheitspeeperin, die unter dem Künstlernamen Elvira auftrete. Aufgetreten sei . . .

Während der Fahrt nach Dietzenbach zum Tatort fragte Lubitsch den Kommissar wieder, ob er Thea noch weiter in der Show lassen wolle, obwohl ihre Berichte außer atmosphärischen Schilderungen nichts brächten, was ihnen nütze.

Jandell erwiderte, er habe Thea freigestellt, aufzuhören oder weiter am Ball zu bleiben. Sie habe jedoch Feuer gefangen und trage sich mit der Absicht, aus ihren Berichten ein Buch zu machen. Tatsächlich gäbe es bisher keine so dichte, genaue, detaillierte Schilderung der Vorgänge in einer Peep-Show.

Lubitsch wandte ein, das sei nicht ihr Bier, jedenfalls brächten die Kassetten sie nicht weiter, es ergäbe sich keinerlei Spur. Der Kommissar erwiderte, immerhin ließen sich infolge Theas Beobachtungen einige Verdachtsmomente ausscheiden, was dazu führe, den Kreis der wirklichen Täter einzuengen. Sie wüßten nun zum Beispiel, daß Leukert zwar jede Menge fragwürdiger Aktivitäten zuzuschreiben seien, aber nicht die treibende Kraft, jedenfalls sei er nicht der Urheber der Morde.

Lubitsch erkundigte sich, ob Jandell hinter all den vielen Frauenmorden ein und denselben Täter vermute.

Der Kommissar wollte sich nicht festlegen, meinte aber, Küpper schäle sich aus dem Wust als wahrscheinlicher Haupturheber heraus, Haupturheber – nicht Täter, wie der Kommissar beziehungsvoll hervorhob.

Als sie endlich die dichtbefahrene Bundesstraße, die den Stadtwald quert, hinter sich hatten, stimmten sie darin überein, daß es irgendein wichtiges Motiv geben müsse, das sie bisher noch nicht kannten. Der Preis'sche Bungalow, den sie schon kannten, war von der Polizei abgesperrt. Mehrere Dienstfahrzeuge parkten auf beiden Seiten der Straße. Neugierige säumten die Bürgersteige.

An der Eingangstür kam ihnen Mack entgegen, Leiter der Mordkommission, mit bleichem Gesicht, an einer dicken Brasil ziehend, an der er hing, als suche er nach einem Halt.

»Scheußlich«, murmelte Mack, »viehisch.«

»Der arme Mack«, sagte Jandell, »da ist er nun seit dreißig Jahren mit Leichen beschäftigt, und noch immer wird ihm schlecht.«

Sie traten ins Haus, und als sie sahen, was passiert war, kehrten sie um und rauchten, im Garten auf- und abgehend, eine Zigarette. Nicht, daß ihnen schlecht geworden wäre. Sie fühlten sich nur unwohl.

So eine große schöne Frau, dachte Mani, und nichts ist davon übrig geblieben als eine klaffende Wunde.

»Der Verfassungsschutz war ihr Arbeitgeber«, sagte der Kommissar, »die sollen sich auch drum kümmern.«

Im Bungalow herrschte ein Riesenbetrieb. Die Mordkommission war in voller Besetzung an der Arbeit. Jandell flüsterte mit seinen Kollegen, Lubitsch hielt sich zurück, bis der Kommissar ihm winkte.

Mack, der Leiter der Mordkommission, informierte Jandell, und als Mani zu ihnen trat, wurde gerade von einem alten Mann gesprochen. »Eine Nachbarin hat das beobachtet«, sagte Mack, »ein alter Mann ist mit dem Auto vorgefahren und ausgestiegen. Wann er wieder weggefahren ist, wußte sie nicht, weil sie selbst in den Supermarkt einkaufen fuhr. Das Nummernschild des Wagens hat sie sich natürlich auch nicht gemerkt, meint aber, es sei ein großer schwarzer Mercedes gewesen, sehr gepflegt. Den alten Mann beschreibt sie als dünn, lang und ziemlich behende. Ja, sie sagte tatsächlich, er sei behende gewesen. Und das ist auch schon alles, abgesehen davon, daß der Mann einen grauen oder beigen Anzug getragen haben soll, sie ist sich da nicht sicher, schließt jedoch andere Farben aus.«

»Was ein behender alter Mann sein soll, verstehe ich nicht«, sagte Jandell, »und das ist schon das zweite, was ich nicht verstehe.«

»Und was ist das erste?«

»Da fährt ein alter behender Mann in einem klotzigen Mercedes vor, wird in den Bungalow eingelassen, entnimmt der Küche sämtliche Küchenmesser und nagelt damit die Bewohnerin des Hauses auf dem Boden fest.«

Mack und Jandell blickten sich einverständig an. Mani gab sich Mühe, ihren Gedanken zu folgen.

»Die Frau ist sehr gut in Form gewesen«, warf Mani ein, »mich wundert, daß sie sich nicht zur Wehr setzte. Das hat sie doch nicht, oder? Jedenfalls sieht es hier nicht nach einem harten Kampf aus.«

Mack bestätigte, es habe keinen Kampf gegeben.

»Ich denke es mir so –« Der Kommissar dachte kurz

nach und fuhr fort: »Der Mörder erledigte sein Opfer gleich zu Anfang mit einem Stich ins Herz. Danach erst arrangierte er die Szene.«

»Sie meinen, Kommissar, er legte die Tote auf den Teppich, holte die Küchenmesser und, nun ja, schmückte die Tote auf jene Weise, wie wir sie nun sehen? Dann müßte sich unter all den Messern aus der Küche ein einzelnes fremdes Messer finden, mit dem er den ersten tödlichen Stich geführt hat.«

»Wir sind noch nicht sicher, doch es sieht ganz so aus«, stimmte Mack zu.

»Dann war es ein genau geplanter und eiskalt ausgeführter Mord. Fehlt eigentlich im Hause etwas? Deutet etwas auf Raub hin?«

»Bisher fanden wir nichts, was darauf hindeutete. Genaues wissen wir erst, wenn der Mann der Toten da ist. Er arbeitet als Flugkapitän bei der Lufthansa und befindet sich gerade auf einem Fernflug.«

»Wenn ich Sie beide recht deute«, sagte Mani, als er und Jandell das Haus verließen und zum Wagen gingen, »dann vermuten Sie hier einen Sadisten am Werk. Wenn der Täter aber sein Opfer gleich mit dem ersten Stich umbrachte und danach erst die sadistische Szene arrangierte, dann könnte es auch ein vorgetäuschter Sadismus sein, oder?«

»Jedenfalls besitzt der Mörder das Gemüt derer aus dem Geschlecht des Fürsten Dracula. Solchen Naturen kann es gar nicht blutig genug zugehen. Selbst wenn nur etwas vorgetäuscht werden sollte, muß es sich um einen in tiefster Seele kranken Täter handeln, sonst käme er nicht auf die perverse Idee.«

»Gut, daß Sie kommen, ich versuche Sie beide schon seit Stunden zu erreichen.«

Leukert lief ihnen aufgekratzt entgegen, sein erstauntes Babygesicht glänzte unter der Anspannung. Als sei er der höflichste Hausherr, bot er Platz an und Getränke. Jandell und Lubitsch baten um ein Wasser. Es war warm im Raum. Die Sonne veranstaltete ihr Licht- und Schatten-Fest auf den tausend Elfenbeinfiguren.

Leukert setzte sich nicht, ging unruhig hin und her und sprach in schnellen Sätzen. »Wissen Sie, weshalb Küpper in letzter Zeit so aktiv geworden ist? Weil ihm seine Zuträger im Römer flüsterten, was dort unter strengster Geheimhaltung beschlossen wurde, ich wiederhole, damit Sie was zu lachen haben, meine Herren: unter strengster Geheimhaltung beschlossen wurde: Die Stadt will das Bahnhofsviertel sanieren. Das heißt, man will unsere Betriebe hier weghaben und in Stadtvierteln am Rande unterbringen. Keine Bordelle und Sex-Shows mehr hier nahe dem Hauptbahnhof, dafür große teure Eigentumswohnungen, Läden, Büroetagen, Luxusgeschäfte. Verstehen Sie, was das heißt?«

Er blickte sie aus triumphierenden Augen an. Sein Atem ging keuchend.

»Hm«, sagte Jandell, »wenn das wirklich so sein sollte . . .«

»Es ist so, ich erfuhr es heute nacht.«

»Ihre Nächte verlaufen offenbar recht interessant«, warf Lubitsch ein.

Leukert warf ihm einen verachtungsvollen Blick zu.

»Wenn es also wirklich so ist«, fuhr der Kommissar

fort, »dann verstehe ich überhaupt nicht, weshalb Küpper Ihnen schaden will. Überlegen wir uns doch, worum es ihm gehen kann . . .«

Leukert fiel dem Kommissar erneut ins Wort: »Warum er mir schaden will? Mann, Kommissar, das ist klar wie dicke Tinte – er will mir meine Häuser hier abkaufen, und wenn er mir Schwierigkeiten schafft und dafür sorgt, daß ich mit meinen Unternehmungen ins Gerede und in die Zeitungen komme, mit Morden und jeder Art von Schaden und Sabotage, dann sinkt der Wert meiner Unternehmungen . . .«

»Und Ihr Kredit!« fügte Lubitsch maliziös hinzu.

»Sie wollen einfach nichts kapieren, Mann!«

»Ich kapier's auch nicht«, sagte der Kommissar, »weshalb sollte Küpper drauf aus sein, Ihre Häuser aufzukaufen, wenn die Stadt das Viertel für solche Geschäfte dichtmachen will?«

»Das verstehen Sie nicht? Das verstehe ich nun wieder nicht. Was meinen Sie denn, auf welchem Wege die Stadt ihre Pläne durchsetzen kann? Etwa nur mit Gesetzen und Verfügungen? Damit können sie unsereinem das Leben schwermachen, aber mehr auch nicht. Wissen Sie nicht, wie solche Dinge hier in unserer schönen Stadt geregelt werden? Wissen Sie es wirklich nicht?«

»Mit Geld?« fragte Mani.

Leukert warf ihm einen langen triumphierenden Blick zu. »Mit viel Geld, mein Lieber, mit arg viel Geld. Ich würde hier nur für ungeheuer viel Geld rausgehen, wie Sie vielleicht begreifen werden. Und sowas läuft nur zum geringeren Teil offen ab. Wenn Sie das bitte auch noch begreifen wollten. Außerdem kann ich meine Immobilien hier auch behalten und den Wünschen der Stadt entsprechend sanieren und ausbauen, mit Vorzugskrediten natürlich. Das ergibt ein doppeltes und dreifaches Geschäft: Gelder fürs Rausgehen und Neuansiedeln der Bordelle und Sex-Shows in Außenbezirken. Schadensersatz für die Verluste. Verdienst an der Neugestaltung.«

»Und der blöde Steuerzahler blecht«, versetzte Mani trocken.

»Das ist nicht mein Problem. Aber mein Problem ist, daß die Stadt und Küpper unter einer Decke stecken.«

»Woher wissen Sie das?«

»Woher ich das weiß? Das weiß jedes Kind. Ich bin für die der schräge Linke. Meine Vergangenheit hängt mir an. Mir trauen sie nicht und mich mögen sie nicht. Küpper dagegen ist ihr Mann, ein Mann eben von kriminellem Format, weshalb sie ihn begünstigen.«

»Jetzt kapiere ich«, brummte Jandell und erhob sich so plötzlich, daß Lubitsch und Leukert ihn verwundert anschauten.

»Sie dagegen«, Jandell wies mit dem vorgestreckten Kinn auf Leukert, »Sie sind gar nicht kriminell und rundum im Stande der Unschuld.«

Im Lift knurrte der Kommissar:

»Das Verrückte ist, daß dieser Kerl recht haben kann.« Als sie unten ankamen und die Lifttür mit einem schmatzenden Geräusch aufging, erlitt Jandell einen Tobsuchtsanfall. Mit der Faust gegen die metallene Tür schlagend brüllte er: »Die haben beide ihre Störtrupps, ihre Türken, Jugos, Inder und Pakistani, ihre Agenten und Knechte und bezahlten Spitzel und Zuhälter, mit denen sie gegenseitig ihre Kämpfe austragen und einen verdeckten Bürgerkrieg führen. Und was tun die zuständigen Behörden? Sie zahlen noch drauf. Ach, Scheiße!«

»Kommen Sie, Kommissar.« Lubitsch zog Jandell aus dem Lift. Schmatzend ging die Tür hinter ihnen zu.

Sie trennten sich auf der Kaiserstraße. Lubitsch ging einkaufen. Eine Stunde später betrat er seine Oberreifenberger Wohnung mit gezogener, entsicherter Pistole, überzeugte sich, daß niemand da war, holte Bohrer, Hammer und Schraubenzieher aus dem Werkzeugkasten und armierte seine Wohnungstür an der Innenseite mit drei verschiedenen Sicherheitssystemen.

Immerhin war er jetzt gegen ungebetene Besuche geschützt, solange er sich selbst daheim aufhielt. Das beruhigte ihn. Befriedigt betrachtete er das Werk seiner Hände, die einige blutige Schrammen davongetragen hatten, denn Mani gehörte nicht zu den Geschicktesten.

Das Telefon klingelte. Er nahm ab.

»Übrigens wollte ich Ihrem Kommissar, den ich nicht erreiche, noch mitteilen, daß zwischen Frau Thea und mir heute ein Sondervertrag abgeschlossen worden ist. Ich hätte Ihnen das vorhin während Ihres Besuches bei mir schon mitgeteilt, leider kam ich nicht dazu.« Leukerts Stimme klang ruhig. Er hatte sich wieder gefaßt.

»Und worin besteht der Sondervertrag?«

»Fragen Sie die Dame selbst.«

Aufgelegt. Keine Manieren, der Mann. Mani warf den Hörer knallend auf die Gabel.

Mit allen Fasern seines umfänglichen, ausreichend differenzierten Nervensystems (er dachte: Nervenkostüm) spürte er das Nahen der Explosion.

Um sich ein wenig zu beruhigen, dachte er an den Krimi, den er über den Fall schreiben würde. Man mußte nur voll hineingreifen ins Menschenleben der Lemuren. Und Mani warf sich einen riesengroßen Wodka ein, damit sein körperlicher Zustand dem Flammenbrand seiner Seele entspreche. Im übrigen fühlte er sich in seiner Doppelrolle als Journalist und Krimiautor einerseits und freischwebender kriminalistischer Mitarbeiter von Kommissar Jandell recht wohl. Ihm war zumute wie einem fröhlichen Zwilling.

Theas 8. Bericht

Christa ist ausgefallen, an ihre Stelle tritt Oliva, die aus mir unbegreiflichen Gründen sofort zur Autoritätsperson wird. Alle erkennen sie an. Niemand mosert gegen sie. Dabei benimmt sie sich ziemlich unangepaßt und schimpft hin und wieder laut auf die Deutschen.

Oliva ist gebürtige Italienerin, lebt aber schon lange in der Bundesrepublik. Sie spricht rheinischen Dialekt, wirkt jedoch immer noch ziemlich südländisch und trägt das Haar oben und unten blondgefärbt.

Ihre Verwandtschaft lebt in Italien. Sie ist überzeugt, die Angehörigen würden sie umbringen, wüßten sie, welchen Beruf sie ausübt.

Verblüfft erfahre ich, Oliva ist schon seit fünfzehn Jahren Striptease-Tänzerin. Sie peept nur aushilfsweise. Früher hatte sie internationale Engagements und war wohl eine recht bekannte Nummer. Oliva ist politisch interessiert, sieht sich die politischen Fernsehsendungen an und liest ostentativ nicht die »Bild«-Zeitung. Oft erscheint sie mit einem ganzen Packen überregionaler Presse unterm Arm, und seltsamerweise legen dann die anderen Mädchen das Zeug weg, das sie so gern lesen.

Oliva hat einen sechzehnjährigen Sohn. Nachdem ich das weiß, schätze ich sie auf mindestens Mitte dreißig. Vorher hätte ich sie für höchstens Ende zwanzig gehalten.

Wenn Oliva dabei ist, hebt sich das allgemein niedrige Niveau der Gespräche. Ist die Italienerin nicht da, gibt es nur das übliche Gerede und Getratsche. Meist klatschen die Anwesenden über die Abwesenden.

Ich bin unterdessen soweit informiert, daß ich sagen kann, fast die gesamte männliche Belegschaft vom »Las Vegas« geht zu Babsi bumsen.

Jemand erzählt mir, daß Monik sich abends weigert, mit ihrem Freund Hanno zu schlafen, weil sie da ihre Ruhe haben will, nachdem sie den ganzen Tag lang »mit sowas« konfrontiert worden ist.

Gleich darauf wird kolportiert, Hanno will tagsüber, während Monik arbeitet, unbedingt mit einer andern ins Bett, der er schon wochenlang nachstellt. Doch das Biest treibt es mit jedem, nur nicht mit Hanno.

Christa bleibt weg, weil sie mit den Nerven runter ist. Sie will sich von ihrem Freund trennen und kann es nicht mehr ertragen, von ihm ausgenutzt zu werden. Nur gelingt ihr die

Trennung nicht. Sie streiten sich ständig, trinken, prügeln sich, laufen voreinander weg und hocken dann doch wieder beisammen.

Aus Sparsamkeit ist Christa von Sekt auf billigen Apfelkorn umgestiegen.

Heute erschien sie bleich und übernächtigt mit einem Plastikeimer voll Bowle. Wir trinken alle mit, danach wankt Christa heim.

Herr Wedel gibt uns die Ehre. Er muß die Arbeitsplätze für den kommenden Monat festlegen. In unserer recht derben Umgebung wirkt er abgehoben vornehm, so ganz der polierte Sunnyboy der Peep-Show. Sein gepflegtes Äußeres und seine perfekten Umgangsformen nehmen sich hier schon beinahe provozierend aus. Wir lassen uns alle verdammt gehen.

Herr Wedel fragt mich, ob es mir gefällt. Unwillkürlich muß ich grinsen.

Er bemerkt es und meint indigniert, es sei doch gewiß besser, als anderswo für zehn Mark die Stunde zu schuften.

Dann findet er wieder zu seiner liebenswürdigen Verbindlichkeit und reicht mir mit verschmitztem Lächeln seine neue Visitenkarte. Es ist ein Gag, den er sich ausgedacht hat.

Auf der Vorderseite der Visitenkarte sieht man einen Mann vor dem Fenster einer Peep-Show. Darunter steht: »Preis 1 DM«. Der Mann wirft die Mark ein. Auf der Rückseite erkennt man das enttäuschte Gesicht des Mannes vor der offenen Klappe, hinter der ein Vogel sitzt, der PIEP macht.

Ein sonderbarer Humor.

Christa ist wieder da und ziemlich voll. Gleich zu Beginn der Schicht hat sie eine Flasche Apfelkorn alleine ausgetrunken, dazu noch Bacardi.

Am frühen Abend bekommt sie einen leichten Herzanfall, liegt auf dem Boden und gesteht, schon von Geburt an habe sie einen Herzfehler.

Sie springt auf, schiebt alle, die sich um sie kümmern wollen, beiseite, rennt zu den Kunden auf den Gang und pöbelt sie an. Wir holen Christa wieder herein und versuchen, sie zu beruhigen. Dann ist sie dran und torkelt auf die Scheibe.

Wir sind froh, sie endlich für kurze Zeit los zu sein und atmen erleichtert auf.

Das klingt ziemlich herzlos und ist es wohl auch. Herzkranke Kummertrinkerinnen zu betreuen, geht selbst im gutwilligsten Team ein bißchen über das hinaus, was die anderen für einen an Kraft und Nerven erübrigen können. Der Job ist zu anstrengend für solche Extraaufgaben, und Christa hat uns in den letzten Wochen mit ihren Eskapaden ganz schön geschlaucht.

Plötzlich ruft Babsi:

»Schaut mal, Christa ist auf der Scheibe eingeschlafen!«

Tatsächlich liegt sie draußen, ohne sich zu bewegen, die Hände auf dem Bauch, die Beine auseinander.

Ein gesegneter Schlummer, dem sie sich da hingibt.

Allerdings schläft sie wie ein Hase mit offenen Augen. Ihr Mund blubbert.

Babsi holt Jeff. Der ist auch betrunken. Zusammen mit Monik versucht er, Christa von der Scheibe herunterzuziehen. Sie schaffen es nicht ganz. Christa ist bewußtlos, röchelt mit offenem Mund, um die Nase herum ist sie ganz weiß, und die Lippen sind bläulich verfärbt.

Jetzt kommt sie ein wenig zu sich. Jeff versucht, das Mädchen ganz von der Scheibe herunterzuzerren. Wenn er Christa anfaßt, schreit sie auf.

Ärgerlich läßt er es sein. Das ständige Rotieren der Scheibe macht ihn schwindlig. Er taumelt vor der Scheibe hin und her.

Kurzentschlossen klettert Babsi auf die Scheibe. Da aber Christa noch immer dort liegt und unkontrollierte Bewegungen vollführt, gelingt Babsi alles daneben.

Sie schafft es endlich, unter Ausnutzung der Fliehkräfte, Christa wegzuschieben.

Der Notarzt ist endlich da. Während Babsi auf der Scheibe die Vorführung besorgt, tragen wir anderen die schreiende und sich wehrende Christa weg.

Dummerweise steht ihr Freund in der Garderobe, der gekommen ist, um sie abzuholen. Sie erblickt ihn und beginnt noch hysterischer zu schreien.

Wir kleiden sie an, und in ihren dünnen Tigerdruckfähnchen wird sie ins Krankenhaus gefahren.

Zwei Stunden später ist Christa verschwunden. Ihr Freund erscheint und fragt nach ihr, dann klappert er alle Krankenhäuser ab, weil er ihr etwas anzuziehen bringen will, doch nirgendwo liegt eine Patientin mit ihrem Namen.

Christa taucht bei uns wieder auf. Sie hat bei der Einlieferung ins Krankenhaus einen falschen Namen angegeben, um zu verhindern, daß ihr Freund sie fände. Der diensthabende Arzt wollte sie in eine Nervenklinik einweisen und unterzog sie einer Reihe verschiedenartiger Tests, über die sie sich derart aufregte, daß der Arzt gerade deswegen noch stärker darauf drängte, sie in die Nervenklinik bringen zu lassen.

»Stellt euch vor, dieser Doktor fragte mich allen Ernstes, wie man einen Lichtschalter anknipst, und als ich mich weigerte, darauf zu antworten, erklärte er mich für nicht normal!« berichtet Christa, noch immer höchst erzürnt.

Am meisten regte sie auf, daß Monik Christas Kosmetik-Koffer an ihren Freund herausgegeben hat. Der Freund wollte Christa den Koffer ins Krankenhaus bringen, doch das klappte ja nicht, weil sie unauffindbar war.

»In diesem Koffer sind meine Sologelder versteckt!« rief Christa wütend.

Die Einnahmen, die sie vor ihrem Freund geheimhielt. Natürlich hat er das Geld schnell gefunden und herausgenommen. Erneuter Wutausbruch Christas.

Ich beobachtete die Entwicklung der Ereignisse um Christa mit der wachsenden Freude der Skandalchronistin.

Tage, an denen viel geschieht, sind weniger langweilig.

In der Frühschicht ist eine Neue, von der alle sprechen. Ihre abstoßende Häßlichkeit beschäftigt die Kolleginnen von der Frühschicht. Doch die abstruse Häßlichkeit scheint die Kunden gerade anzuziehen. Das Mädchen wird fortwährend zum Solo verlangt. Wahrscheinlich geht die Häßliche in der Kabine bereitwillig auf Sonderwünsche der Besucher ein. Allerdings bringen wir das nie genau heraus.

In unserem Team geht die freundliche Harmonie nach und nach in Stücke. Heute hat sich Judith eine halbe Stunde verspätet. Babsi kriegt deshalb die Wut und beschimpft die

Bummlerin mit den ordinärsten Worten. Judith geht auf die Scheibe, und die andern verabreden sich, sie nicht abzulösen, soll sie doch ihre Zeit nacharbeiten. Dann wird Judith in die Solokabine bestellt, und nun behauptet Babsi, Judith öffne ihre Schamlippen. Da das strikt gegen unsere Abmachungen ist, steigert sich die allgemeine Wut auf Judith noch.

Die Mädchen beschließen, Judith zu verprügeln. Als ich davon höre, muß ich lachen. Ich weiß nicht, was mit mir los ist, mir erscheint diese Strafaktion ungeheuer lächerlich. Ärger und Zorn richten sich jetzt gegen mich.

Ich gehe auf die Toilette, das ist der einzige Ort, wo ich ihnen aus den Augen bin. Ich muß aber gar nicht und setze mich nur zum Schein nieder.

Kaum sitze ich, breche ich wieder in Gelächter aus. Zum Piepen, Revolte in der Peep-Show! Während ich so da hocke, muß ich nun doch. Die gewohnte Haltung des Sitzens bestimmt den Körper, sich auf die gewohnte Weise zu entleeren. In Ordnung, hab ich die Zeit gleich gut genutzt.

Als ich zu meinen rebellischen Kolleginnen zurückkehre, herrscht helle Aufregung. Aber es geht nicht mehr um Judith, sondern um etwas Wichtigeres. Leukert, der Besitzer, ist da und schimpft und schnauzt.

Jemand hat ihm zugetragen, daß wir nachts meist schon um 11 Uhr 40 Schluß machen, statt um Punkt 12, und dann hat er noch einen happigen Vorwurf parat. Der Verfasser eines städtischen Sex-Führers durch das Nachtleben ist inkognito in einer Solo-Kabine gewesen, als Christa gerade eine Mandarine aß. Natürlich hat sie auch den rückwärtigen Vorhang offengelassen und sich mit den anderen von der Freischicht unterhalten.

Das sei dem Geschäft durchaus nicht förderlich, erklärte Leukert mit unangenehm scharfer Stimme, und dann monierte er, daß sich manche Kunden noch über andere Nachlässigkeiten beschwert hätten.

»Worüber denn?« fragte ich.

»Zum Beispiel über Sie!«

»Was gibt's denn über mich zu meckern?«

»Manchmal bleiben Sie eine ganze Minute lang einfach auf dem Bauch liegen!«

»Na und?« entfuhr es mir, »ist mein Arsch vielleicht nicht sehenswert?«

Ich mußte auf die Scheibe und streifte in der Enge den Besitzer, als ich mich an ihm vorbeidrückte.

Er wich zur Seite und blickte verstört um sich. Beim Gehen betonte ich die Hüften und den Hintern so überdeutlich, daß die Mädchen lachten.

Ich war schon am Ziel angelangt und wollte eben auf die Scheibe treten, als mir noch etwas einfiel. Ich ging zurück und rief Leukert vom Durchgang aus zu:

»Sie sollten sich selber auf die Scheibe legen!«

Die Mädchen erschraken, als ich so eine große Lippe riskierte, und ich sah ihnen an, daß ihnen meine Frechheit zu weit ging. Aber mir tat es wohl, und Leukert mit seinem Gemecker konnte einen Dämpfer vertragen. Außerdem, was riskierte ich schon, schließlich war ich nicht auf seinen Laden angewiesen.

Beschwingt von meinen Attacken auf den Besitzer legte ich mich für die Scheibe zurecht und ließ die Besucher in den Kabinen an meiner fröhlichen Genugtuung teilnehmen.

Mag ja sein, daß eine Peeperin noch nie so heiter und

entspannt gewesen ist, während sie das Affentheater vorführte, für das hier gezahlt wird.

Was geht es mich eigentlich an?

Es geht mich viel an. Als ich von meiner lockeren Vorführung zurückkam, wartete der Boß noch auf mich.

»Nanu? Wollen Sie doch auf die Scheibe?«

Er lächelte und war wie ausgewechselt. Lud mich ins Büro ein. Ich fragte:

»So, ohne alles?«

»Sie haben doch Ihr großes Badelaken!«

Ich dachte, er hätte was Dummes oder Verrücktes vor und war in der richtigen Laune, ihm eins zu verpassen, wenn es mir nicht paßte.

Leukert rückte mit einem irren Plan heraus, und als ich davon hörte, wußte ich, daß mir so etwas auch schon vorgeschwebt hatte.

Mein lieber Kommissar, hiermit kündige ich unsere Absprache. Du weißt nun genug. Du kennst dich hinreichend aus und kannst beurteilen, wie es zugeht in so einer Peep-Show.

Weißt Du, worin ich mit Leukert übereinstimme? Darin: Jetzt werden wir es denen mal zeigen . . .

Und gleich noch eine Neuigkeit, mein Freund: Ich bin entschlossen, mich scheiden zu lassen. Und nie wieder in meinem Leben werde ich einen Schönheits-Chirurgen heiraten, unter dessen Händen eine Frau immer ans Skalpell denken muß.

Servus, mein lieber alter Kommissar und Freund – neulich las ich ein Buch über den Entfesselungskünstler Houdini, und es fiel mir wie Schuppen von den Augen. Ich begriff, die

Mädchen hier in der Peep-Show treten zwar nackt auf, aber zugleich gefesselt. Wenn sie sich jedoch von den Fesseln befreien, wird sich alles ändern: Sie selbst ebenso wie die Kunden. Was wir bisher hier gezeigt haben, war armselig, klein, häßlich und betrügerisch, weshalb die Kunden auch armselig und betrügerisch werden. Das läßt sich ändern . . .

Ein neuer Tag

An diesem Tag geht Thea auf die Scheibe wie alle die Tage vorher, und dennoch ist es anders. Sie betritt den Raum mit dem Rondell der Fenster, von denen mehr als die Hälfte geschlossen sind. Thea blickt in die Runde, stehend dreht es sie einmal um die Achse, sie beugt sich nach vorn und breitet ihr Laken aus, das ergibt die zweite Drehung. Thea denkt an Elvira, noch ahmt sie die andere nach, in der herausfordernden Haltung sich präsentierend, mit den Füßen breit abgesichert gegen das drehende Fliehmoment, mit den Beinen die Unebenheiten der Drehbewegung abfangend und ausgleichend, in den Oberschenkeln abgewinkelt, den Körper nach vorn innen verlagert.

Thea hatte die Haltung bei Elvira bewundert, vom schräggeneigten Oberkörper hängen die Brüste ab, und das Zusammenwirken der unterschiedlichen Flieh- und Beharrungskräfte verleiht den Brüsten eine gestochene, pralle Form. Nun geht Thea auf die Knie und wird knieend gedreht. Wenn du denen deinen Po genau ins Gesicht streckst, geht ein Stöhnen durch die Guckkabinen, hatte Elvira lachend gesagt, Elvira, die nun nie mehr lachen würde, aber, dachte Thea, ich werde lachen, und ich werde euch alles so zeigen, daß ihr keine Zeit mehr findet zum Luftholen.

Sie legte sich lang auf den Bauch, nahm die Beine auseinander, ging mit den Unterschenkeln hoch und nieder, mit den Waden winken, hatte Elvira gesagt, das bringt sie am meisten in Schwung. Thea zeichnete mit den Händen die Form ihrer Hüften nach, fuhr über die Gesäßbacken, ein Stück die Rückseite der Oberschenkel lang und wieder zurück. Die Berührung mit ihren eigenen Händen ließ sie erschauern. Sie hatte als totes Fleisch hier gelegen, voll von Abscheu, Angst und Ekelgefühlen, und nur der Gedanke an den Kommissar hatte sie getröstet, weil sie hier einer Arbeit nachging, die etwas wert war.

Ja, sie war eine Beobachterin aus geheimen Gründen gewesen, eine Frau, die dem Kommissar zuliebe einen Auftrag angenommen hatte, oder war sie darauf eingegangen, weil ihr Leben, das sie führte, die Ehe, in der sie gefangen saß, sie schon lange anwiderten? Weshalb war sie so ganz und gar auf Jandells Angebot eingegangen? Nur aus Sympathie zu ihm und in Erinnerung an frühere Zeiten?

Als Jandell aufgetaucht war, hatte sie keinen einzigen Gedanken daran verschwendet, was Mattias dazu sagen würde, und als Mattias sich dann querlegte, war sie einfach daheim ausgezogen und hatte sich ein eigenes Appartement gemietet. Nein, mit Mattias verband sie schon seit längerer Zeit kaum noch etwas, nichts und gar nichts verband sie mit ihm. Es war ihr gewiß nicht leicht gefallen, sich als Peepfrau zu produzieren. Einzig der

Gedanke an ihre geheime Aufgabe hatte sie bei der Stange gehalten.

Einzig?

Jetzt gab es in der Runde kein verschlossenes Fenster mehr. Alle Jalousien waren hochgezogen. Wenn einer das Nachzahlen vergaß und die Jalousie herunterging, schob sie sich gleich wieder nach oben. Entweder hatte der Besucher nachgezahlt oder ein anderer seinen Platz eingenommen.

Es wird kein anderer mehr einen Platz einnehmen, dachte Thea, ich werde euch so zusetzen, daß ihr an der Scheibe kleben bleibt, bis keine einzige müde Mark mehr in euren Taschen klimpert. Sie warf sich auf den Rücken, spreizte die Beine, zog die Füße an und öffnete sich, mit den Händen ihre Formen nachzeichnend, daß die Blicke der Zuschauer gebannt den Bewegungen der Hände folgten. Als sie sich vollkommen sicher war, daß die Blicke ihre Hände berührten, griff sie sich spielerisch zwischen die Lippen und weitete sie. So verharrte sie reglos und ließ sich zweimal drehen, die dritte Drehung nutzte sie dazu, jedem Augenpaar das Fest zweier tremolierender Finger vorzuführen, und das Keuchen, das den Kabinen entstieg, umfing die Ohren der vor den Kabinen wartenden Männer, die sich knäuelten und ballten, bis Jeff auftauchte und für Ordnung sorgte.

Nun bildeten sich lange Reihen anstehender Männer, und einer flüsterte dem anderen zu, das es etwas zu besichtigen gebe, eine Sensation zu bestaunen, ein Wunder von Frau, die tatsächlich alles halte, was bisher versprochen und nicht gehalten worden war, wofür die

Kolleginnen Thea keine Prügel androhen würden, weil sie es nicht wagten, den Anordnungen des Bosses zuwiderzuhandeln: »Ab heute«, hatte Leukert den Mädchen verkündet, »wird bei uns nicht mehr Mühle gespielt, sondern Schach.«

Das hatte gesessen wie ein Schlag unters Kinn. Die Mädchen wußten, es war ernst gemeint, sie begriffen nicht, was gespielt wurde, doch folgten sie den Anweisungen. »Ich werde euch alle groß rausbringen«, hatte Leukert großspurig verkündet, »da dachten sich welche was aus, um mir zu schaden, nun antworte ich denen auf meine ganz eigene Weise, kreativ – Mädchen, von jetzt an führt ihr euch so aufregend vor, daß alle Kerle dieser Stadt und alle anderen Städte im Lande und in der ganzen Welt nur noch einen Wunsch verspüren – hierherzukommen und euch zu bewundern, Mädchen!«

Er sprach anders als sonst, nicht so von oben herab, sondern mit einem ansteckenden Trotz. Ja, Trotz war der richtige Ausdruck, und das Wort gefiel Thea, daß sie es immerfort für sich wiederholte, auch auf der Scheibe wiederholte sie es, die Lippen flüsternd bewegend, was die Zuschauer hinter ihren Scheiben nicht ohne Erstaunen bemerkten, die Frau dort drinnen sprach mit ihnen, den ausgesperrten, markstückspendenden Herren der Welt, diesem Kleinvieh, das auch Mist machte.

Die Blicke kamen von allen Seiten und trafen sich im Zielpunkt der Wünsche, Sehnsüchte, Gelüste, die Männer in den Kabinen starrten habichtäugig durchs Glas, die aufgereihten Männer vor den geschlossenen Kabinentüren wünschten sich nichts sehnlicher, als daß den

Vorgängern im Kabineninneren die Münzen ausgingen, die Männer draußen auf dem breiten, plattgewalzten Bürgersteig erhielten die Nachricht durch die Luft, den Wind und die alle Lebewesen verbindende Osmose zugetragen, daß sich eine Sensation begebe, und sie drängten immer stärker in die Peep-Show, daß sich ganze Gewölke bildeten von Wartenden, unter die sich Frauen mischten, Begleiterinnen der Passanten, die nicht wußten, wie ihnen geschah, doch sie waren ihr ganzes Leben lang darauf trainiert worden, Männer zu begleiten, also drängten sie sich vor dem Gebäude und im Eingang, die kühn geschwungene, glänzende Marmortreppe ins Obergeschoß bot keinen freien Platz mehr, die Wartenden hockten einer auf dem andern, Jeff Zander drehte durch vor Aufregung und hatte alle Hände voll zu tun mit Scheine in Münzen umwechseln, der Umsatz stieg, die Luft entbehrte des Sauerstoffs, es roch nach Gier und Begierde, Schweiß und hundert Parfumen, die Sensation teilte sich in tausend Vermutungen und Fehlinformationen von einem zu anderen Lippenpaaren mit, über eine Anzahl wirrer, aufgeregter Telefonate drang die Mär ins Präsidium, wo die Beamten sich verwundert am Ohrläppchen zupften, haben wir das richtig verstanden? In der Peep-Show auf der Kaiserstraße peept eine der Damen derart, daß es zu Verkehrsstockungen kommt? Das Haus birst vor Andrang? Ja sitzt bei diesem Leukert denn eine Schraube locker?

Thea verlängerte ihre Vorführungen, am beiseitegerissenen Vorhang ballten sich die Mädchen, die ratlos auf die Scheibe starrten, wo Thea vorführte, wie es sein kann, wenn ernst gemacht wird mit den künstlerischen Darbietungen, die laut abgeschlossenen Verträgen verlangt wurden, infolge einer schwächlichen Auslegung und Übereinkunft jedoch bisher nicht ausgeführt worden waren. Das änderte sich nun. Das würde sich immer gewaltiger ändern, nachdem sie sich bewußt geworden war, was sie beabsichtigte, und nachdem sie sich mit dem Boß des Unternehmens geeinigt hatte.

Leukert hing seit Stunden am Telefon, um die Nachricht in die ganze Welt zu verbreiten, daß er sich nicht geschlagen gebe, nicht gegenüber der Stadt, die das Bahnhofsviertel vom Sex säubern möchte, nicht gegenüber dem Konkurrenten Küpper, der Himmel und Hölle in Bewegung setze, um Leukerts Besitz in seine Hand zu bekommen. Aber da kennt ihr mich schlecht, mich, den Mann der immer neuen Einfälle, nun kommt her und seht, was ich mir eben wieder habe einfallen lassen, ich, der Phantast unter den Sex-Königen, der nun daran geht, aus den alten, herkömmlichen Peep-Shows etwas atemberaubend anderes zu gestalten.

Wer sagt denn, daß es auf der Scheibe immer so armselig wie bisher zugehen müsse? Ja, schön, für den Anfang war das Geschäft genau richtig gewesen, Frischfleisch für den kleinen Mann, Geilheit pro Markstück, es dauerte Jahre, bis den Leuten zu dämmern begann, daß sie schlecht bedient wurden für ihre Münzen. Höchste Zeit also, nun ernst zu machen mit den Vorführungen, und diese kleine Thea machte ernst, daran war kein Zweifel möglich.

Natürlich würde man ganz neue Formen von Shows

erfinden, Peep-Shows für das gehobene Publikum, die Preise begännen statt bei einer Mark bei fünf Mark, dafür gab's eine Qualitätsgarantie. Die preiswerten Shows würden weiterlaufen für die Unterklassen, die gehobene Show zöge einen anspruchsvolleren und zahlungskräftigeren Kundenkreis an, aus der bloßen Nuditätengymnastik entwickelte sich die Kunst-Show. Ästhetik! würde er rufen, der einfallsreiche Unternehmer, schaut her, Leute, wir heben das Niveau!

Die Presse würde darüber berichten, das Fernsehen, der Funk.

Küpper versuchte, ihn, Leukert, durch Skandale und Gewalt fertigzumachen, und er setzte von jetzt an seine kreativen Einfälle dagegen. Ein paar leichte und schwere Jungs anheuern konnte jeder. Revolvermänner ließen sich mieten. Die Stadt wimmelte nur so von Ganoven, die darauf warteten, angeworben zu werden. Er, Leukert, der immer noch größte Sex-Boß, kannte sich gut genug aus und hatte selbst oft genug in die Trickkiste gegriffen. Doch seine wahre Stärke bestand darin, daß er Köpfchen hatte und es zu nutzen verstand. Wenn die Kommune sich jetzt mit Küpper verbündete, um ihn rauszudrücken, so verbündete er sich einfach mit den Medien, indem er denen die neuen großen Sensationen bot – seht her, ich hebe das Gewerbe so hoch, daß Kunst daraus wird . . .

Leukert, in seinem Penthouse oben, vor der Batterie von Telefonapparaten, die ein Manager nun einmal benötigt, will er seine Macht erhalten und ausbreiten, vernahm den Schuß nur gedämpft, den die Menge unten in der Peep-Show wie einen Kanonenschuß vernahm.

Es geschah, als Thea, die Künstlerin, sich aus der Rückenlage erhob, auf die Knie ging, die Arme breitete, die Schultern zurücknahm, das Gesicht zu einem ekstatischen Ausdruck, der höchsten Steigerung der Lebens-und-Fleischesfreude verzog. In diesem schönen, verklärten Augenblick fiel der erste Schuß.

Dreimal in ihrem ganzen jungen Leben hatte Thea einen Geschmack der Macht kosten dürfen. Das erstemal war es gewesen, als sie bei der Polizei diente. Unter Jandells Kommando, seinen Fittichen, seinen Händen, Lippen, unter dem Eindruck einer beinahe zärtlichen, flüchtigen, leichtgewichtigen kleinen Liebe hatte sie sich mächtiger werdend gefühlt.

Als sie Mattias kennenlernte, hatte sie den Polizeidienst verlassen und war die Frau des Mannes geworden, der sich als Modearzt etablierte, so daß sie beide sich immer höher hinaufgehoben fanden auf der Leiter gesellschaftlicher Erfolge.

Nichts aber von diesen vergangenen Gefühlen und Erhöhungen glich dem letzten großen Gefühl, das Thea auskostete. Ihr war zumute, als erhöbe sie sich in die Luft und flöge davon. Der erste Schuß traf sie mitten ins Herz, und so blieb keine Zeit für Schmerz oder einen Abschiedsschrei.

Es war, als dauerte die Euphorie noch in den Tod hinein an. Als sei es ein Teil des Tanzes, so schmolz Thea zu Boden. Die Scheibe drehte ihren Leichnam mit dem Gleichmut, mit dem sie die lebenden Frauen herumgedreht hatte. Immer herum und herum. Nur daß das rote Rinnsal, das Theas Brust sich entwand, von der Fliehkraft verdünnt und verlängert wurde, daß es zu flattern schien wie Fastnachts-Papierschnipsel im Wind, und das Bild verwischte sich erst in seiner klaren Zeichnung, als die beiden nächsten Schüsse den immer noch kühn geschwungenen Unterleib Theas punktierten. Zwei schwarze Augen oberhalb der Schamhaargrenze. Dann röteten die Augen sich, als ob sie weinten. Dann brach die Hölle los.

Jandell, der kurz darauf eintraf, fand heraus, zwischen dem ersten und den beiden nachfolgenden Schüssen lagen zwei Sekunden, und es war die Spanne der Lähmung. Der erste Schuß, der die Scheibe der Kabine, von wo aus geschossen worden war, zertrümmerte, hatte Thea sofort getötet und die Zuschauer ringsum in einen Zustand von Scheintod versetzt. Zu unglaubhaft und unwirklich wirkte, was sie alle erblickten. Sie sahen es und vermochten nicht daran zu glauben. Sie erstarrten. Das Blut gerann ihnen in den Adern. Erst nach den beiden weiteren Schüssen kam wieder Leben in die Menschen. Die Peepmädchen stürzten schreiend durcheinander, fluchtartig und brüllend wie von Sinnen sprangen die Männer aus den Kabinen und verknäuelten mit der wartenden Menge.

Es dauerte zwei Stunden, bis Jandell sich sicher genug fühlte, eine erste Personenbeschreibung des Täters zu geben. Es erschien ihm ebenso unglaubhaft wie den Paar Zeugen – der Mörder war ein alter Mann.

Der Kommissar vermutete, es war derselbe alte Mann, der schon Elvira alias Lilo Preis umgebracht hatte.

»Behende«, sagte der Kommissar und wandte sich mit der Frage an jeden der Zeugen, »würden Sie diese Bezeichnung für den alten Mann akzeptieren, ließe er sich als ein behender alter Mann beschreiben?«

Der Mord war um achtzehn Uhr elf geschehen. Sechs Stunden vorher hatte Lubitsch sich einen kräftigen Mittagsimbiß zubereitet. Frischer Räucherlachs, angerichtet mit hauchdünnen Zwiebelscheiben und einem Eßlöffel Meerrettich, dazu knuspriges Stangenweißbrot und zwei Flaschen Jever. Vorzüglich gestärkt hatte er den Entschluß gefaßt, sofort zu Küpper zu fahren und ihm ein paar Fragen zu stellen. Von Manis neuem Wohnort Oberreifenberg zu dem hinteren Taunusnest, in dem der gewichtige Geldmacher residierte, war es nicht mehr als eine Viertelstunde Autofahrt. Nur öffnete diesmal niemand das Tor, so energisch Lubitsch auch die Klingel drückte.

Dann meinte er einen Schuß gehört zu haben. Mani zog sich neben dem Tor an der Bruchsteinmauer hoch, sprang drüben hinab und auf etwas drauf, das sich als der grünberockte Leibwächter Paul erwies. Der Mann lag auf der Seite. Als Mani ihn auf den Rücken drehte, blickte er in die starren Augen eines Toten. Lubitsch zog ihm die Lider über die glasigen Pupillen, wälzte die Leiche auf den Bauch und entdeckte eine pfenniggroße Einschußwunde im Genick. Das Geschoß mußte steckengeblieben sein, es gab keine Austrittswunde.

Mani nahm seine Nullacht, entsicherte sie und schlich von der Seite ans Gebäude.

Dieses Mal hörte er den Schuß genau. Mani kroch vom Seitenflügel zur Vorderfront, darauf bedacht, vom Innern des Gebäudes nicht gesehen zu werden. Zu seiner Verwunderung war die Eingangstür unverschlossen. Er preßte das Ohr gegen die einen Spalt geöffnete Tür und wartete. Im Haus wurde gesprochen. Mani packte die Nullacht mit beiden Händen, trat die Tür weit auf und sprang schußbereit ins Innere.

Er hörte nur die Männerstimme.

In der Wohnhalle saß Küpper in seinem riesigen Lehnsessel, hielt die Hände vor den massigen Wanst und lief aus wie ein zerschossenes Faß.

Blut sprudelte aus drei Öffnungen. Der mächtige Mann hielt die Augen geschlossen, nur sein Mund war geöffnet, seine Lippen bewegten sich, aber was Küpper sprach, blieb unverständlich. Er sprach laut, aber irr und wirr. Mani ging auf den Sterbenden zu. Als er sich nach vorn beugte, sagte eine Stimme:

»Halt. Stehenbleiben. Waffe wegwerfen!«

Um sofort zu sterben, hätte Mani sich nur umzudrehen und loszufeuern brauchen. Die halbe Sekunde, die die Stimme im Vorteil war, hätte genügt, das Spiel zu entscheiden. Mani entschloß sich, die Nullacht fallen zu lassen.

Die Stimme, die ihm das befohlen hatte, fügte keine weitere Anweisung hinzu. Das Geräusch, das Mani vernahm, war sehr leise und kaum noch vernehmbar. Mani ahnte mehr als daß er wußte, was geschah. Das Knistern sich nähernder Schritte signalisierte die Annäherung der Stimme. Mani wagte nicht, die Stimme, die er gehört hatte, mit der Person, an die er dachte, zu vereinen.

Der Schlag traf ihn am Hinterkopf. Er war von oben geführt worden. Nicht mit aller Gewalt, aber brutal genug, Mani für die nächste Zeit auszuschalten.

Als Lubitsch zu Boden sank, brabbelte der verblutende Küpper noch immer vor sich hin. Es dauerte seine Zeit, bis er das letzte Blut von sich gegeben hatte. Er besaß viel von dem Saft. Und noch lange nicht genug, um den Engel der Rache, der auf ihn gefeuert hatte, befriedigen zu können.

»Ich versuchte, neben die Stelle zu treffen, wo es dich schon mal getroffen hat«, sagte die Stimme. Und dann: »Hörst du mir überhaupt zu?«

Mani überlegte angestrengt, ob er zuhöre. Ihm war das keineswegs sonnenklar, denn er hatte ungeheuer viel zu tun.

Bevor er die Augen öffnete, machte er sich mit seiner Situation bekannt. Er lag, soviel war immerhin klar, auf dem Rücken, und zwar auf einem Bett. Die Matratze spürte er deutlich unter sich. Hände und Beine waren nicht zu bewegen. Der gespreizte Zustand, in dem er sich befand, signalisierte dasselbe wie das kalte Metall, das seine Arm– und Fußgelenke gefangen hielt.

Mani öffnete die Augen.

»Viermal in Ketten gelegt, ist das nicht ein bißchen viel?« Er wies mit dem Kinn auf die Stahlspangen, mit denen er auseinandergespreizt gehalten wurde.

»Metallbetten eignen sich gut dafür«, sagte Rebekka.

»Und was nun?«

»Es wird abgerechnet, Mani.«

»Weshalb mit mir?«

»Weil du dumm genug bist, dich immer in Dinge einzumischen, die dich nichts angehen.«

»Warum mußte Küpper sterben?«

»Es war an der Zeit dafür.«

»Es stimmt gar nicht, daß er dich bedrängt hat?«

»Anfangs schon. Bis ich den Spieß umdrehte.«

»Nicht er war es, der dich sadistisch behandelte, sondern du hast ihn sadistisch behandelt.«

»Sagen wir es netter: Ich lernte, seine masochistischen Leidenschaften zu entwickeln und zu nutzen.«

»Heißt das, er liebte solche Fesselungen wie diese hier?«

»Du liebst sie nicht?«

»Ich bin nicht Küpper.«

»Er mochte sowas. Und er mochte es, wenn ich ihn dabei liebte.«

»Kanntest du eine Frau namens Lilo Preis?«

»Elvira – ja. Jetzt kann ich es zugeben. Wir traten anfangs zusammen auf, als lesbisches Paar. Dann heiratete Elvira ihren Piloten und kaprizierte sich darauf, bei Ausfällen einzuspringen. Sie war das einzige Mädchen, das gerne peepte.«

»Weißt du, warum Elvira sterben mußte?«

»Ja.«

»Warum?«

»Weil sie überall hineinschnüffelte.«

»Du weißt, für wen sie das tat?«

»Für einen Kerl vom Verfassungsschutz.«

»Und woher weißt du das?«

»Weil ich auch für ihn arbeitete.«

»Also müßtest du auch umgebracht werden.«

»Nein. Der Unterschied zwischen Elvira und mir ist, sie ließ sich ausnutzen, ich dagegen tat nur so und nutzte die Situation für mich aus.«

»Und warum?«

»Das wirst du nie begreifen können. Wenn wir Zeit dazu finden, werde ich dir genau berichten, wie mein Leben verlief.«

Sie zögerte.

»Aber«, sie ließ sich aufs Bett neben Mani gleiten, wo sie, die Beine angezogen, sitzen blieb, »du weißt das schon durch Theas Kassetten.«

»Du willst damit sagen . . .«

»Entweder hat sich ein Mädchen fürs ganze Leben unterworfen, oder es begehrt auf.«

»Schön, du begehrst auf. Nur begreife ich nicht, woher du Bescheid weißt über Theas Berichte. Sie gingen nur an Jandell und mich.«

»Kein Problem, mitzuhören. Vergiß nicht, mir standen alle Möglichkeiten des Hauses offen. In Theas Appartement waren Wanzen angebracht. Wir hörten und schnitten mit, wenn sie ihre täglichen Kassetten besprach. Willst du einen Beweis? Ich kann dir einen der Berichte vorspielen.«

»Danke. Ich glaube dir.«

»Ihren Mann kenne ich auch, den Schönheitsdoktor.«

»Er besuchte den Kommissar einmal und beschwerte sich, weil der Kommissar Thea engagiert hatte.«

»Er wird sich nicht sehr nachdrücklich beschwert haben, mit soviel Dreck am Stecken. Er kauft frische Leichen. Wenn du willst, kannst du Küppers toten Wanst an Dr. Brock verkaufen. Er zahlt gut dafür.«

»Dann hat er diesen Jonny auch gekauft – vor einigen Wochen lag bei Leukert ein Toter. Ich hab ihn selbst gesehen. Kurz darauf war er verschwunden.«

»Du weißt wirklich nichts davon? Der Mann hat überall seine Leute. Er braucht frisches Fleisch für seine Experimente. Die Kadaver kommen danach in die Kanalisation und Kläranlagen, und wenn sie daraus wieder auftauchen, sind sie unkenntlich geworden.«

Sie stand auf, schaltete das Radio ein und fragte, ob er was trinken wolle.

Er reagierte nicht darauf und starrte sie ungläubig an. »Der Schönheitsdoktor kauft Leichen – wozu braucht er die?«

»Frag ihn selbst. Was weiß denn ich? Wahrscheinlich braucht er irgendwelche Ersatzteile für seine Operationen. Und er zahlt gut. Ihr habt keine Ahnung, wie viele Drogentote heimlich verschwinden. Jeder Freak in der Stadt weiß Bescheid. Die Obdachlosen verscheuern ihren Körper noch zu Lebzeiten an jüngere Kollegen . . .«

»Unsinn, das spräche sich herum –«

»Hat sich längst herumgesprochen. Nur nicht bis zu euch. Ihr wißt überhaupt nichts. Du und dein Freund, der Kommissar, ihr habt immer nur mit einzelnen Fällen zu tun. Dein Kommissar klärt auf, und du bringst dann den Fall in die Zeitung oder schreibst einen Krimi darüber. Aber von dem, was wirklich passiert, habt ihr keinen blassen Schimmer. Davon abgesehen, müßtet ihr froh sein. Ein Junkie, der einen Kadaver verkauft, kommt zu Geld und muß die nächsten Tage keinen Bruch machen. Das Geld des Doktors senkt die Verbrechensquote, dafür sollte der Mann das Bundesverdienstkreuz erhalten.«

»Ich bewundere deinen blühende Phantasie, Rebekka!«

»Jedenfalls lesen die Jungs in der City jede frische Leiche vom Boden auf, die sie kriegen können. Die wissen eben, wie man Kasse macht.«

»Hm. Und wir wissen nicht, was passiert. In den hundert Hochhäusern, in den Ämtern und Büros, in den Krankenhäusern, Hinterhäusern und feinen Villen und Bungalows.«

Lubitsch spannte die Muskeln, um aufzuspringen. Die Fesseln hinderten ihn daran.

»Also, willst du nun was zu trinken haben, Mani?« wiederholte sie ihre Frage.

»Sekt«, sagte er, »der Tag muß gefeiert werden.«

Sie verschwand kurz und kehrte zurück, fünf Flaschen gegen die Brust gedrückt, mit einem strahlenden Lächeln. Er bewunderte ihre weißen Zähne und dachte: Sie werden sich rot färben.

»Küppers Hausmarke!« Der Sektpfropfen schoß gegen die Decke. Aus dem Radio klangen die üblichen Horrornachrichten. Rebekka stellte es ab, trank aus der geöffneten Flasche, ging zu Mani, hielt ihm den Kopf hoch, setzte die Flasche an:

»Prosit!«

Er verschluckte sich, hustete, rang nach Luft. Rebekka ließ eine Hand zärtlich auf seiner Schulter liegen. Sie lachte auf. »Küpper ließ mich die ersten Wochen, die ich bei ihm wohnte, jeden Morgen zum Tanzen antreten. Hier nebenan in der Halle empfing er seine Kassierer, die das Moos anschleppten. Weißt du, daß Küpper zwei Kanonen bei sich hatte? An die Enden eines Lederriemens gebunden, den er um den Hals trug. Beim Kassemachen verstand er keinen Spaß. Manchmal gab es Auseinandersetzungen. Wenn er sich übers Ohr gehauen glaubte, drehte er vor Wut durch. Und ich hatte die ganze Zeit über zu tanzen. Das sollte die Kerle ablenken, während Küpper kalt blieb. Das war der Anfang, begreifst du?«

»Nein.«

»Ich hatte hier für die Kassierer zu peepen, und Küpper blieb eisig. Bis ich mir sagte: Laß ihn schmelzen. Den Rest kennst du. Ich hab ihn mir eingeschmolzen.«

»Und was hast du mit mir vor, mein Liebling?«

»Ich werde dich genauso einschmelzen müssen.«

»Und weshalb das alles?«

»Ich will sie beide fertig machen, Küpper wie Leukert, die Könige der Sex-Unterwelt. Frauen heißt es, sind passiv, und Männer aktiv. Ich drehte das um und hetzte sie gegeneinander. Küpper fraß mir zuletzt aus der Hand. Und Leukert werde ich genauso vernichten.«

»Warum? Aus feministischen Gründen?«

»Pah – das redeten Elvira und ich unserem Verbindungsmann ein. Der Junge glaubte gern daran, daß es eine Gruppe gäbe.«

»Ich weiß. Wir wurden vor einer feministischen Terrorgruppe gewarnt. Dabei war es nur Tarnung. Dennoch verstehe ich nicht ganz, weshalb du das alles getan hast. Mit Elvira warst du befreundet, ihr seid lange Zeit gemeinsam aufgetreten. Weshalb brachte man sie um? Nach so langer Bekanntschaft – weshalb mußte sie sterben?«

»Weil sie eine Verräterin war, die nichts mehr von mir wissen wollte und auf eigene Rechnung arbeitete.«

»Ich verstehe nicht.«

»Den Bären mit der feministischen Terrorgruppe banden wir unserem Verbindungsmann in der Absicht auf, von uns abzulenken. Elvira verliebte sich in den Knaben und plauderte mehr aus, als gut sein konnte.«

»Und wer war der alte Mann, der Elvira tötete?«

»Das sage ich dir danach.«

»Danach?«

Er sah ein Messer in ihrer Hand. Die Spitze näherte sich seinem Hals.

Er schloß die Augen. Der Schmerz blieb aus. Etwas berührte ihn, ohne zu schmerzen. Hemd und Hose wurden ihm aufgeschnitten. Ausgepellt wurde er. Freigelegt.

»Ich werde dich ein letztes Mal lieben«, sagte Rebekka, »und dann sollst du den alten Herrn kennenlernen, der Elvira auf den Teppich nagelte.«

Sie legte sich über ihn und nahm genau die Stellung ein, die seine Fesselung ihm aufzwang. Ihr Bauch drückte gegen seinen, ihre Brüste schoben sich ihm entgegen, ihre Arme fügten sich über die seinen, auf seinen Schenkeln fühlte er den Druck ihrer Schenkel.

Sie breitete die Beine, zog die Knie an und hockte sich auf ihn. Mit den Händen zeichnete sie seine Muskeln nach.

»Ihr denkt immer, ihr könntet alles tun. Aber ich werde diejenige sein, die mehr getan hat als jeder von euch.«

»Ich verstehe nicht.«

Sie beugte sich vornüber, zwischen ihren Gesichtern war ein Abstand, der es zuwege brachte, daß keiner von ihnen mehr sah als das Gesicht des andern.

Großaufnahme.

Jetzt erkannte er das irre Leuchten in ihren Augen. In der Iris drehten Kreise, um die stechend schmalen Pupillen kreisten Feuerpünktchen.

Es tat ihm leid um das Gesicht so nah vor und über ihm, das zerstört werden mußte. Es war kein Puppengesicht, der Anschein trog. Es war eine bedrückende Vorführung von hohen Wangen, vollen Lippen und dem sanften Schwung von Linien, deren Harmonie als Versprechen von Tausendundeiner Nacht lockten.

Jetzt aus der Nähe und getrieben von der Kraft, die die Not und die Angst ums Leben verleihen, entschlüsselte er die bisher unbekannt gebliebene Sprache ihres Gesichts.

Sie ist verrückt, dachte er, auf eine genialische Weise verrückt und schuldlos. Sie hat einen genialen Schlachtplan entworfen und Schritt für Schritt verwirklicht.

»Warum nennst du dich Rebekka?«

Sie richtete sich auf und reagierte zornig.

»Was fragst du jetzt danach. Frage lieber, wieviel Zeit dir noch bleibt!«

»Rebekka, du bist krank. Laß dir helfen!«

Ihr Zorn verflog. Sie lachte.

»Jetzt bin ich es, die dir hilft!«

Sie griff unter ihren Schoß und begann sich um sein Geschlecht zu bemühen. Da sie merkte, sie käme gegen seine Angst nicht an, rutschte sie weiter nach unten und verstärkte ihre Bemühungen.

»Ich werde dir einen Himmel der Liebe bereiten!« flüsterte sie.

»So wie Küpper«, sagte er, bemüht, ihr nicht gefällig zu sein. Was nicht gelang.

»Gib deinen Widerstand auf, Mani, komm schon. – Siehst du, wie schön du das kannst.«

Es gibt schlimmere Todesarten, dachte er und ließ Rebekka tun, was sie wollte.

Anfangs dirigierte sie ihn. Dann wurde sie heftiger und unkontrolliert, mit vielem Schreien und Stammeln kam sie, wurde nach einer Pause der Erschöpfung, während der sie wie besinnungslos auf ihm lag, erneut aktiv und ließ ihn kommen.

Sie sprang aus dem Bett, erschien mit einem Handtuch, rieb und tupfte ihn ab und verschwand erneut ins Bad, wo er sie duschen hörte.

Eine Zeitlang wurde es still. Dann erschien ein alter Mann. Es war ein alter Mann in einem beigen Einreiher, das Gesicht blaß, mit einem leichten, grauen Bartflaum, das Haar kurzgeschnitten und gescheitelt. Sein Gang verriet unstatthafte Energie.

Behende, dachte Mani, es ist der behende alte Mann. Jandell war das Wort, das die Zeugen in Dietzenbach benutzt hatten, aus gutem Grund aufgefallen. Guter Mann, der Kommissar. Aber zu spät.

»Gefalle ich dir so?« Rebekka drehte sich. »Bin ich nicht gut im Verkleiden? Das lernt unsereins, sich zu verkleiden und zu verleugnen. Küpper dachte, ich sei nur nackt echt, er ahnte nicht, daß die Nacktheit nur eine von vielen Verkleidungen ist.«

Sie lächelte, und es ging ihm durch Mark und Bein, weil durch das aufgeschminkte Altmännergesicht das andere Gesicht der Rebekka schien, und durch dieses zweite Gesicht leuchtete wiederum das Gesicht des Irrsinns hindurch.

»Rebekka, laß dir von mir helfen, bitte –«

»Wie könntest du mir helfen, in deinem gefesselten Zustand?«

Ihr Lachen ging in ein wieherndes Gelächter über.

»Wart' auf mich, Liebling, ich bin bald wieder da.«

Er hörte sie wegfahren. Wie lange er lag, wußte er nicht, denn es gelang ihm nicht, in dem ausgespannten Zustand, auf seine Armbanduhr zu blicken, die außerhalb seines Blickfeldes blieb. Er ahnte, daß etwas Fürchterliches geschah. Er wußte nicht, daß Rebekka Thea erschoß, um Leukert zu treffen. Aber er wußte, der Racheengel befand sich auf der letzten Wegstrecke seiner Reise.

Dann kehrte sie zurück. Der Motor dröhnte. In die Stille hackten ihre Schritte. Die Tür wurde laut zugeschlagen und abgeschlossen. Er hörte sie Möbel rücken. Die Schritte gingen hierhin und dorthin. Jalousien wurden herabgelassen. Er begriff, sie verbarrikadierte das Haus.

Dann stand sie am Fußende des Bettes, immer noch als alter Mann verkleidet, eine Hand erhoben.

»Kennst du sie?«

Es war seine Nullacht, die sie in der rechten Hand hielt. Sie roch an der Mündung.

»Lange nicht benutzt.«

Ihre Blicke trafen einander. Hätte ich sie benutzen sollen, dachte er, hätte ich es gekonnt. Mann, zu schwach zum Abdrücken.

Sie hockte sich ans Kopfende des Bettes, dicht mit dem Schenkel an seine Seite gedrückt. »Du kennst die Kassetten Theas. Sag selbst – ist das ein Leben für eine Frau?«

»Wenn eine Frau damit ihr Geld verdienen will, muß sie es eben tun.«

»Und wenn eine Frau mehr will, muß sie das tun, was ich getan habe.«

»Keine Wahl – Rebekka?«

»Jetzt nicht mehr, Mani.«

Sie vernahmen beide die Geräusche anfahrender Wagen, die Schritte, das metallene Klappern. Zeit verging und verging nicht. Dann erklang Jandells verfremdete Stimme über den Lautsprecher mit der Aufforderung, sich zu ergeben.

»Keine Bange, Mani«, sagte Rebekka, »du spürst gar nichts davon.«